電波的な彼女
新装版

contents

イラスト／山本ヤマト

電波的な彼女
新装版

第一章　誓いの言葉は前世の絆

放課後、誰かに体育館裏に呼び出されたら、普通はどんな想像をするだろうか？

自分を呼び出したのが友達なら、何か秘密にしておきたい会話をしたいだけなのかもしれない。

では、相手が男で、しかも友達でもないなら、何か危険な、暴力的な香りがするかもしれない。

それも、相手が女の子だったらどうだろうか？

そこから危険を感じ取る男は、まずいないと考えられる。大半の男は、むしろ甘い期待を抱きつつ、いそいそと指定の場所に向かってしまうのではあるまいか。

その点、柔沢ジュウはどうだったかというと、特にそうしたことを考えていたわけではなかった。自分の下駄箱に入れられていた手紙には、ただ指定の時間と場所、そして、

「ぜひ、お話ししたいことがあります」

という短い文が書き添えてあったのみ。

読みやすい綺麗な文字だったので、女が書いたのかもな、くらいは思ったが、それだけだ。

文章を書いたのが女でも、待っているのが女とは限らない。

　別に無視しても良かったのだが、放課後は暇(ひま)だったので、指定の場所、体育館裏に足を運んだ。今までの経験からして、こうした呼び出しをされた場合はまず十中八九、集団で待ちかまえているものだ。人目につかない場所で行われることといえば、リンチくらいしか思いつかないし、そうした事態も初めてではなかった。

　売られたケンカは買う、というのが正しい不良のあり方だとジュウは思う。

　心配があるとすれば、いったいどれほどの人数が集められているのか、どんな武器を持っているのか、ということくらい。

　だがそうしたジュウの予想は、外れた。

　体育館裏にある大木。この学校の創立前からあり、樹齢二百年を越えるという桜の木。もはやその花も散り、来年まで注目されることもないであろうその木の下で彼を待っていたのは、一人の少女だったのだ。

　遠目に見る限り、ジュウはその少女にまったく記憶がなかった。

　じゃあ、まさか……そういうことか？

　女の子からこういうふうに呼び出されることが何を意味するのか、さすがにジュウにも察しがついた。そしてすぐに、馬鹿馬鹿(ばかばか)しいと思った。

　自分に想いを寄せる異性がいることが、ではなく、そういう女を相手にすることが馬鹿馬鹿しい。とはいえ、まだこちらの早合点(はやがてん)という可能性もあり得る。

　周囲に視線を走らせてみたが、少女以外には誰もいなかった。彼女は囮(おとり)で、ジュウを笑い者にするべく何処かに誰かが隠れている、ということはなさそうだ。

　取り敢えず、ジュウは少女に話しかけてみることにした。

　ジュウが来たことに気づくと、少女はやや緊張したように背筋を伸ばし、自分の方から駆け寄ってきた。少女の背は、長身であるジュウより頭二個分は低く、体つきも華奢だった。背中へと流した艶のある黒髪は見事だが、前髪が妙に長く、そのせいで少女の表情は窺えない。制服のスカーフの色からジュウと同学年、私立桜霧高校の二年生であるとわかる。

　彼女と向かい合う形になったジュウは記憶を探ったが、やはり見覚えがなかった。

　まずは、名前を訊くべきか。

「おまえ……」

「柔沢ジュウ様、でいらっしゃいますね？」

「……ああ、まあ、そうだけど」

　少女のかしこまった口調に、ジュウは少したじろいだ。

　柔沢ジュウ様？

　なんで俺に『様』なんてつける？

　警戒するジュウに、少女は続けてこう言った。

「お待ちしておりました」

「あ、そう……」

「お会いしとうございました」

「あの、おまえ、何を……」

言ってるんだ、という間もなく、少女はいきなりジュウの足元に片膝をついた。

ジュウの認識では、そうした行動は気分が悪くなったときにするもの。

緊張しすぎて体調を崩した、とか？

一応背中でもさすってやるべきだろうか、と思っていると、少女はその姿勢のままジュウを見上げ、口を開いた。

「我が身はあなたの領土。我が心はあなたの奴隷。我が王、柔沢ジュウ様。あなたに永遠の忠誠を誓います」

唖然とするジュウの足に顔を寄せると、少女はスニーカーのつま先の部分に唇をつけた。

ジュウは思わず飛び退いた。

一足九百五十円の安物のスニーカーに、こいつ、キスしたのか？

奴隷とか、忠誠とか、言ってることもわけがわからない。

「……お、おまえ、何なんだよ？」

「わたしは、ジュウ様の下僕です」

「下僕？ 下僕って何だよ？」

「ジュウ様のために働く人間のことです」

「働くって、何を？」

「何でもいたします」

日本語だし、ちゃんと言葉が通じてもいる。

それでもジュウは、これ以上の会話は無駄なような気がした。

なんというか、この少女は精神的な波長が自分と違い過ぎる。

ジュウは少女に背を向けると、一目散(いちもくさん)に駆け出した。

少女の呼び止める声が聞こえたが、そんなもの聞いていられるか。

脇目(わきめ)もふらずに校門を走り抜け、駅に向かった。

ただやられっ放しで逃げ出すのは、柔沢ジュウにとって生まれて初めてのことだった。


翌日、四時限目の授業が終わった教室で、ジュウは大きな欠伸(あくび)を洩(も)らしていた。

午前中の授業をほとんど寝て過ごしたお陰(かげ)で、いくらか頭はスッキリしている。

ジュウの座席は教室の一番隅(すみ)の窓側だ。

高校二年の一学期が始まったとき、自然とここはジュウの定位置に決まった。

何のことはない。邪魔な奴(やつ)はなるべく端(はし)に置いておく方がいいと、周りが判断しただけのことだった。触らぬ神に祟(たた)りなしともいう。

ジュウとしてはその扱(あつか)いに不満はないので、甘受(かんじゅ)することにした。

人を見かけで判断するな、とはよくいうが、視力がある限りどうしたって外見的要素は深く関わってくるものだ。

柔沢ジュウという少年を見た場合、たいていの生徒は警戒心、あるいは不快感を抱く。

金色に染められた髪の毛や荒っぽい言動は、他人を寄せ付けにくい。背は高く、体格もそれなりで、気の強そうな面構えはいかにも喧嘩が好きそうに見えるだろう。

それが災いして、ジュウは入学初日から上級生グループに目をつけられ、連行された。教師の目の届かない場所。幽霊部員しかいないらしい卓球部の部室は、そうした連中のたまり場になっていた。グループに加われ、という上級生の言い分が、ジュウには「負けを認めろ」と聞こえた。

意味に大差ないだろう。

ジュウはそれに拳で応え、そのまま乱闘に発展した。幸か不幸か、この一件は教師の耳には入らなかった。ジュウは肋骨を二本折られたが、上級生四人を叩き伏せており、彼らにも面目があるので表沙汰にはしにくかったのだろう。

だが教師には知られずとも、その噂は生徒の間で密かに広まった。詳細を割愛されたそれは、ジュウの人間像を勝手に形作り、ひとり歩きしていった。

柔沢ジュウという少年は、手当たり次第に嚙みつく狂犬のような奴らしいと。

そうして、一年の頃から周りに敬遠されるようになり、二年になってもそれは維持された。

その間にも、ジュウが何度か喧嘩沙汰を起こしたことが噂を裏付けし、もはや生徒たちの共通の認識になってしまった。

だから、クラスにおける自分の扱いが腫れ物に触るようであるのも、ジュウは納得がいった。

友達とワイワイ騒ぐとか、部活を頑張るとか、ジュウにはそういった発想はなかったので、その扱いに不満はなかった。

人間関係から排除されるというのも、意外と気分がいいものだと思う。

クラスメイトの大半が学食に向かい、残りの者たちが教室のそこかしこで弁当を広げるなか、ジュウは窓の外に視線を向けていた。

それにしても、何だったんだ昨日のは……。

昨日の放課後に会ったあの少女は、いったい何だったのか？

からかわれているにしても意味不明であり、支離滅裂だった。

もやもやした疑問だけが残り、居眠りしている最中も頭の何処かで考えてしまう。

これならまだ、誰かに喧嘩を売られる方がずっとましだった。

まあ、忘れることにするか……。

変な女に会った、ということで処理しておこう。

深く考えるのをやめたジュウは、昼飯を鞄から取り出した。

「あーっ！　ジュウ君、また男弁当だ！」

横からかけられた高い声に、ジュウは仕方なく顔を向けた。

「うるせえな。人の食い物にケチつけるんじゃねえよ」

「じゃあこうしよう。わたしのミニハンバーグを一個進呈しちゃいます」

「いらねえ。ていうか、何の話だ？」

「代わりに、そのタクアンをちょうだい」

「だから何の話だ！」

「わたしは漬け物が好き、という話だよ」

真っ向からジュウの話を受け流すこの少女は、クラスメイトの紗月美夜。

ジュウを相手にしても気後れせずに接してくる、数少ない存在である。

「君の名前、じゅうざわじゅう、と読むの？　憶えやすいね。よろしく、ジュウ君」

と言ってきたのが二年生で同じクラスになった次の日のこと。

彼女はこの学校でジュウの友人を自称する唯一の人間であり、ジュウにとっては、扱いに困る相手であった。どんな生徒でも、たいていはジュウが軽く睨むだけで言葉を失うのに、美夜はそれに笑顔で応えるのだ。

「このタクアン、美味しいね。ポリポリって音がいいよ」

「……おまえ、勝手に俺のおかずを」

「わたしのミニハンバーグも美味しいよ？　うん、自信作」

笑顔でそう押し切られ、ジュウは美夜からもらったミニハンバーグを渋々ながら口に運んだ。

たしかに美味しい。でも、そんなことを言葉にする気はなかった。美夜も期待していないのか、そんなジュウに何も言わない。

　ジュウの昼飯は、もっぱらおにぎりである。自分で握ってきたもので、中には何の具も入ってはいない。付け合わせにタクアンを数切れ持ってくるだけだ。この弁当を初めて見たとき、美夜が「毎日それなの？」と訊いてきたので、ジュウは「男はこれで充分だ」と答えた。

　それ以来、美夜はこれを男弁当と呼んでいる。

　少しバカにされているような気もしたが、この少女の性格からいってそれはないだろう。

　ジュウがクラスで最も人間関係から除外されている生徒だとすれば、美夜はその逆だった。誰にでも屈託なく話しかけ、その笑顔と持ち前の明るさで相手の警戒心を解いてしまう少女なのだ。クラスのみんなが友達、という嘘臭いセリフも、彼女が言えば限りなく真実に近い。人目を引くような美人であるし、結構な数の男子から告白されているという噂だった。それでも、今のところはフリーらしく、そのへんの身持ちの堅さも彼女の人気に繋がっているようだ。

　博愛精神みたいなもんを持ってるんだろうな、とジュウは思う。

　自分のような男にも気軽に接してくる彼女の真意が掴めず、最初はただ戸惑っていたのだが、今ではそう納得していた。クラスから浮いてしまっている自分を、彼女は哀れだと感じているのかもしれない。そうした気遣いを迷惑だと思うほどジュウはひねくれてはいなかったし、少しは感謝もしていた。

　彼女が話しかけない限り、ジュウは学校で一言も会話せずに過ごすことも多いのだ。

「おまえ、こんなところにいていいのか?」

「どうして?」

「昼飯を誘う連中、たくさんいるだろ」

「今日はジュウ君のおつき合い」

「……ま、いいけどさ」

紗月美夜とこうして一緒に昼食をとっている光景は、さぞかし周囲の反感を買いそうだった。案の定、クラスの何人か、ほとんどは男子だが、ジュウを睨んでいた。

特に、学級委員である藤嶋香奈子の睨み方は、ほとんど攻撃にも等しい鋭さだった。彼女から見れば、ジュウが美夜の人の良さにつけこんでいるように思えるのだろう。藤嶋香奈子は、ジュウのような不良の存在を許せないらしく、敵視していると言ってもいい。黒ブチメガネの奥にある瞳は、不正を憎む使命感に燃えているようだった。頭は固くて生真面目だが、決してガリ勉ではない、という点だけはジュウも彼女が嫌いじゃないのだが。

どうでもいいことか、と思い、ジュウはさっさと昼飯を済ませることにした。

美夜がまだ弁当の三分の一も食べてないうちに、席を立つ。

「うわ、ちょっと意地悪じゃないかな、ジュウ君」

「便所だ」

軽く手を振り、ジュウは教室を出て行った。

美夜がいると寝ていられないので、どこか静かな場所はないかと探すことにした。

屋上は意外と混んでるしなあ、などと考えていたジュウは、廊下の端から歩いてくる人影に気づいて足を止めた。

他の生徒たちをものともせず、こちらに向かって一直線に進んでくる小柄な少女。

昨日の放課後に会った、あの少女だった。

何か考えるより先に、ジュウの体は反対方向に走り出していた。廊下にいる邪魔な生徒たちの間をすり抜け、階段を一気に駆け下りる。幼い頃から運動神経には自信があり、ジュウは転んだ経験がほとんどない。すれ違った生徒が目を剝くような身軽さで一階に下りると、ジュウはそのまま体育館裏まで走り込んだ。他に逃げ場所が思いつかなかったからだが、昨日ここで出会ったのだし、よく考えると不用意な判断だったかもしれない。

まあしかし、しばらくは時間を稼げるだろう。

「……それにしても、あいつは何なんだ」

思わず逃げてしまったが、別にあの少女から危害を加えられるというわけでもない。

ただ、何だか得体が知れなくて気味が悪いのだ。交友関係が壊滅的なジュウは、同学年でも顔を知らない生徒ばかりであり、彼女がどこのクラスなのかもわからない。

顔の広い美夜なら知っているだろうか？

後で、それとなく訊いてみて……。

「ここにいらっしゃいましたか」

ほとんど会話していないのに、少女の声は何故かジュウの記憶にしっかり刻まれていた。

ジュウが振り返ると、こちらに向かって歩いてくる少女の姿が見えた。

あれだけ全力で逃げたというのに、それを追った彼女には疲れた様子がない。

言動と相まって、それもまたジュウには不気味に思えた。

「お、おまえ、何で俺を追い回すんだ……」

「わたしはジュウ様の下僕であり騎士。あなたの側にいるのが当たり前だからです」

今日は騎士という単語が追加されていた。ひょっとしたら昨日のセリフは何かの冗談かと思っていたが、そう思いたかったが、少女は昨日のままだった。

どんどんこちらへと近づいてくる少女から異様な迫力を感じ、ジュウは再び背を向けた。

そんなふうに、昼休みは不毛な追いかけっこで過ぎていった。


その日の放課後、ジュウは早く帰ることにした。昼休みは何とか逃げ切れたが、教室に残っていると、あの少女がまた来そうな気がしたからだ。

「ジュウ君、掃除当番！」

「悪いな」

美夜にはそれだけ言って別れ、急いで駆けて行き、校門を抜けたところで息をつく。

今日はどうにか捕まらずに済んだが、明日はどうなるか。

そもそも、どうして自分が逃げなければならないのか。

あの少女の目的、自分に近づいてくる魂胆がまるでわからないので不気味なのだ。

むかつく奴なら、ぶん殴ってやれば済む。

しかし、あの少女は奇怪なだけなので、こちらとしてはただ困惑するしかなかった。

「そういえば、美夜に訊くの忘れてたな……」

「美夜とはどなたですか？」

「うお！」

いつの間にか、本当にいつの間にか、ジュウのすぐ側をあの少女が歩いていた。

思わず身構えるジュウに対し、少女は丁寧に頭を下げた。

「失礼しました。ジュウ様を驚かせるつもりはなかったのですが」

ジュウは人より感覚が鋭い方だと思っていたが、まるで気づかなかった。

この少女は気配でも消せるのだろうか。

たとえそうだとしても、それほど意外ではない。

「おまえ、なんで俺につきまとうんだよ……」

「ジュウ様は、わたしの主だからです」

質問を変える必要がある、とジュウは思った。

常識的な答えが返ってきそうな質問に。

「……おまえ、名前は？」

至極まっとうな質問だったが、少女は感心したようにポンと手を打った。

それは気づかなかった、とでもいうように。

「申し遅れました。現世でのわたしの名前は、堕花雨と申します」

「おちばなあめ……？」

姓が堕花、名が雨。

聞き覚えのない、変な名前だった。

堕花雨は自分の学生手帳を見せ、それが本名だと証明した。

「……なるほど、名前はわかった。でも、現世でのってのはどういう意味だ？」

「現世での名前、という意味です」

こいつはアホなのか、とジュウは思ったが、やむを得ず思考レベルを合わせることにした。

そうしないと、いつまでたっても話が進まない。

「……………えーと、つまりあれだ。前世の名前とかもあったりしちゃうわけだな？」

「はい」

「ちなみに、何て名前だ？」

本当は知りたくもないが、会話を進めるためだ。

少しでも多くこの少女に話をさせて、ジュウはその魂胆を知りたかった。

「残念ですが、現世では発音できません」

「は？」

「声帯の関係だと思います。世界もだいぶ変容しましたし、仕方がないことですね」

　さっぱりわからない。

　だが話を進めるために、ジュウは細かい点をあえて無視した。

「どうして俺をつけ回すのか、説明しろ」

「それは、さきほども申し上げましたとおり……」

「それじゃわからない。俺にわかるように説明しろ。それができないなら、二度と俺の前に現れるんじゃねえ」

　ジュウは睨みを利かせてそう言ったが、雨はそれに動じた様子もなく頷いた。

「わかりました。では、可能な限り簡潔に説明いたします」

　彼女の説明が終わるまでには五分ほどを要した。

　これで簡潔だというなら、詳細に聞けば何時間かかるのか。

　彼女の話を聞いたジュウの感想は二つだけ。

　まずは、聞かなければ良かった、という後悔。

　そして、この少女は頭がおかしい、という確信。

　彼女が言うには、ジュウと自分は前世で主従関係にあったらしい。ジュウは偉大な王であり、自分は忠実な部下。壮大な大陸を舞台に、ジュウは波瀾万丈の人生を送り、彼女は常にその側に付き従ったという。彼女は、そのへんの細かいエピソードをいくつか語ったが、ジュウは途中で聞く気が失せていた。

前世というのが今から数千年も昔で、二人が活躍したという大陸が舌を噛みそうな名前で、剣やら魔法やら怪物やらが闊歩する世界で、と聞いているだけで頭が痛くなってきて、脳が情報の入力を拒否してきたからだ。

理解しようという気も起こらず、ただ聞き流すので精一杯。

皮肉なことに、この堕花雨という少女の声は、あまり抑揚がないわりによく通った。話を聞いているうちに、見えない何かが自分を浸食してくるような錯覚に襲われ、ジュウは小さく身震いした。

これで結論は出た。

この少女、堕花雨は頭がおかしい。

妄想をすらすらと、まるで事実のように話し、相手にもそれを信じるように強制してくる人種だ。電波系というやつだろう。

無駄な時間を過ごしたが、これからどうするかはハッキリした。

「以上で説明を終わります」

話し終えた満足感すら漂わせる雨を、ジュウはきつく睨みつけた。

「今のくだらねえ妄想が、俺をつけ回す理由だと?」

「いえ、今のは全て真実です。神に誓って」

どんな神に誓っているのやら。

ジュウは雨に詰め寄った。

「おまえ、もう消えろ」

「……ひょっとして、ジュウ様はまだ記憶が戻ってないのですか？」

「そんなものは初めからない」

「驚きました。これは、何者かの陰謀の可能性も……」

「おまえ、もう消えろ」

ジュウは雨の胸ぐらを掴み、そのまま顔を引き寄せた。

うっとうしい前髪の隙間から、雨の瞳がこちらをじっと見ていた。

「くだらねぇ妄想に俺を巻き込むな。二度と、俺に関わるな。近寄るな。姿を見せるな」

雨は何も言わず、ただジュウの目を見つめていた。

無言で数十秒。

ジュウは乱暴に手を放し、雨を突き飛ばした。

倒れて尻餅をつく彼女に目もくれず、その場を立ち去った。

後ろから呼び止める声は、今度は聞こえなかった。


マンションのエレベーターに乗ると、ジュウは九階のボタンを押して壁に背を預けた。

途中の階で止まり、主婦らしき女性が乗ろうとしたが、すぐに降りていった。不機嫌さを隠そうともしないジュウの顔を見て、危険に思ったのだろう。近頃はエレベーター内で殺人が起きることも珍しくないので、賢明ではある。

九階に着くと、ジュウはエレベーターを出て右に曲がり、廊下の突き当たりにある扉の前で鍵を取り出した。鍵を開け、無言で家の中に入る。真っ暗な玄関で靴を脱ぎ、そのまま自分の部屋に向かった。床に鞄を放り投げ、学生服を脱いでから洗面所に行き、顔を洗う。さすがに暗いので電気をつけると、鏡に映る自分の顔を見て、先ほどの主婦の判断に納得した。

なるほど、これじゃ逃げるわな……。

今にも誰かに殴りかかりそうな表情だった。自分ではクールなつもりなのだが、心情が顔に出やすいのは長所か短所か。いらつく気分ごと脱ぎ捨てるつもりで、シャツを洗濯機に放り込む。上半身は裸のままで冷蔵庫から牛乳パックを出し、直接口をつけて飲んだ。食堂テーブルの椅子の一つを引き寄せ、どかりと腰掛けると、BGM代わりにテレビをつけた。テレビ画面は、そろそろ夏の気配がどうのこうのと、興味のない話題を伝えている。

ジュウは空になった牛乳パックをテーブルの上に置き、全身から力を抜いた。

このまま、ここで寝てしまおうか。

それでもかまわない。

それを叱ったり注意したりする者は、この家にいないのだから。

ジュウの両親がいつから不仲だったのかは、彼も覚えていない。ジュウが子供の頃から、少なくとも結婚したときは好き合ってたんだろうなあ、と思える程度の冷えた仲だった。目の前で二人が言い争う光景を何度も見せられ、もういい加減にうんざりだとジュウが思った頃に、父親は出ていった。他に女がいたらしい。それが喧嘩の原因かというと、実は母親にも男がいたという。

どっちもどっち、喧嘩両成敗。

父は息子にまったく関心がない人で、愛することも嫌うこともなく、それを徹底していた。母はとんでもない気分屋で、バカみたいに優しかったり非情なほど厳しかったりする人だった。それに翻弄されてきたにしては、わりとまともに育ったものだとジュウは自分を評価する。家庭環境を理由にされたくなかったので、学校の勉強はかなりやった。その甲斐あって、都内でも中堅よりやや上くらいの私立高校に補欠合格した。

両親からは、何の反応も返ってこなかった。学費が振り込まれているのだから、息子が高校生をしていることくらいは知っているのだろう。父親とはここ何年も会っておらず、母親も滅多なことでは帰ってこない。

恋人の家に住んでしまっているらしい。

「そっちの家は、そんなに住み心地がいいのかよ？」

一度だけ、母親にそう尋ねたことがある。母親が、服か装飾品だかを取りに帰ってきたときのことだ。息子からこんなことを言われたら多少は言葉に詰まるかと思いきや、母親は何も言わなかった。僅かに唇の端を曲げ、バカな質問だ、とジュウを笑うような表情を浮かべただけだった。若いときに自分を産んだ母親は、今でも見かけは相当に若く、だから、そういうときの表情は余計に憎らしく見えた。

まあ、どうでもいい話だった。

ジュウはそういった記憶を心の奥底に沈めておく。二度と浮かび上がってこないように、大きな重りをつけて沈めておく。大きな重りの名は「考えるのが面倒くさい」だ。

ぼんやりとテレビに視線を移すと、何かの事件を報道していた。武装した強盗団が宝石店を襲撃し、店員を皆殺しにしてから逃走したらしい。他にも、幼稚園に刃物を持った麻薬中毒者が乱入して立て籠もったという事件や、受験ノイローゼの生徒が教室にガソリンをまいて放火した事件。さらには、ここ数ヵ月で何人も犠牲者が出ている連続通り魔殺人事件に、また新たな犠牲者が加わったことも伝えられた。悪くなるばかりの世の中。

ジュウはすぐにチャンネルを替え、適当なバラエティー番組にしてから、だるそうに体を起こした。大量に買い溜めしてあるインスタント食品の中からラーメンを選び、やかんに水を入れ、お湯を沸かした。自炊もできないことはないし、おそらく同年代の男子の中では、自分はかなり料理を作れる方だと思う。

ジュウが幼い頃から、母は気が向いたときにしか料理をしない人だった。割合としては、四日に一度くらいだ。必然的に、その埋め合わせはスーパーやコンビニの弁当などで済ませることになり、それに食べ飽きた頃からジュウは自分で作るようになっていた。

それも最近では面倒になり、ほとんどしなくなった。昼飯用のおにぎりを作るのは、ただその方が安上がりだからだ。おにぎりの形がきちんと整っているので、美夜はジュウの母親が握ってると思っているようだったが。

　両親が家を出て行ってから、目には見えない、いろんなものが失せていくのがわかる。目には見えない、というのがくせものだ。形があれば、それを思い起こすこともできるが、形がなければ、思い起こすこと自体、そうした意志そのものが失せてしまう、ような気がする。

　自分が何を欲しているのか気づきそうになったので、ジュウはいつものように、また心の奥底にそれを沈めた。慎重に。厳重に。

　バラエティー番組を観ながら、関係ないことを考える。

　あの女、堕花雨のこと。

　くだらない妄想の押しつけを突っぱねたのは当然で、ジュウに罪悪感はまったくなかった。

　ただ、少しだけ意外だったことがある。

　無言で視線をぶつけ合ったときだ。ああいう種類の人間の瞳は、不気味なくらい澄んでいるか、どす黒く濁っているか、そのどちらかだろうと思っていた。

　ところが、彼女の瞳はそのどちらでもなかった。

　妙に冷静で、ジュウへの怯えの色もなく、理知的ですらあった、と思う。

　あんな目をする奴が、バカみたいな妄想を口にする。そのギャップがどうにも納得いかず、心に引っかかっていた。だからといって、彼女の主張を再検討する余地などあり得ない。

　魔法やら前世やらのファンタジックなことが、ジュウは嫌いだった。

理解しようとも、理解したいとも思わなかった。

「ま、どうでもいいことか……」

お湯が沸いたので、それをカップに注いでラーメンを作った。食べ終えた頃には、もうジュウはテレビを観て笑っていた。何事も深く考えない、というのが人生の処世術だとジュウは思う。

その理由も、やはり深く考えずに。

「ジュウ君、貸し一つだからね？」

次の日の朝、美夜は授業が始まる前にジュウの席までやって来ると、いきなりそう言った。

胸の前で腕を組み、何やらご立腹な様子の美夜。

「貸しって、何のことだ？」

「昨日の掃除当番」

「ああ、おまえが俺の分までやったとか、そういうこと」

「そういうこと。男弁当からおにぎり一つと交換で許してあげます」

「じゃあ、おまえにおにぎりをやれば、いつも掃除を代わってくれるわけか」

「わたしはそんなに安くないよ」

「おにぎり一つだろ？」

「時価なの」

よくわからない美夜の話を適当に聞き流し、そういえばとジュウは思い出す。

こいつなら、知ってるだろうか。

友達百人計画とかを本気で実行してそうな、こいつなら。

「あのさ……」

話を切り出そうとして、クラスメイトの大半がこっちを見ていることに気づいた。

紗月美夜は人気者だ。

その彼女がジュウなどと朝から長話をしていれば、興味も引かれるだろう。

ホームルームまでまだ時間があるのを確認して、ジュウは席を立ち、美夜の手を引いた。特に抵抗もせずに美夜はジュウに従い、二人は廊下の端に移動した。まだこちらを見ている生徒はいたが、ほんの数人だ。

ジュウは単刀直入（たんとうちょくにゅう）に訊いた。

「おまえ、堕花って生徒知ってるか？　二年の女子で」

「おちばな……？　もしかして、下の名前は雨？」

「やっぱ知ってるのか」

やたら顔の広い美夜なら、同学年のほぼ全員の名前を知ってるかと思ったのだが、本当にそうだったらしい。

美夜は、うん知ってる、と頷いた。

「でも、友達じゃないよ。クラスも全然違うし、直接話したこともないし。ただ、珍しい名前だから学年名簿で見つけたときに気になって、堕花さんと同じクラスの人に訊いてみたことがあるだけ」

「どんな女だ?」

「うーん、噂が大半になっちゃうよ?」

「それでいい」

「ねえ、何で堕花さんのこと知りたいの?」

「おまえが知る必要はない」

「うわ、理不尽」

「いいから話せ」

「わたしは都合のいい女か……」

はあ、と呆れたように軽くため息をついてから、美夜は話し出した。

この高校では、入試のときの成績が上位にあった者たちで構成されたクラスがある。いわゆる進学クラスであり、十三クラス中の一つがそれに該当した。これは学年が上がるごとにまた成績で入れ替わるのだが、堕花雨はそのクラスに在籍しているらしかった。進学クラスはジュウの教室とは大分離れているし、階も違うので、そこの生徒と出会うことはまずない。見えない敷居があるようで、ジュウとしては近づこうとも思わない教室だ。

「堕花さんて、すっごく頭いいんだよ」

美夜が言うには、堕花雨は学年でも上位五番以内の成績らしい。陰気(いんき)な優等生、というのが彼女に対する風評の集約と言えた。授業中、教師に指名される以外ではほとんど口を開かず、誰ともしゃべらない。親しい友人はおらず、彼女の方としてもそうしたものを求めていないようだった。

自分一人で世界が完結しているような、そんな女の子。目立たず、無害な生徒としてクラスに溶け込むだけの、面白(おもしろ)みのない人間。誰からも嫌われてないが、誰からも好かれてない。およそ自分から積極的に誰かに話しかけることなどあり得ない。

美夜の話を総合すると、そういうことらしかった。

「ちなみに、恋人はいないらしいよ。良かったね」

「邪推(じゃすい)するな。興味本位で訊いてみただけだ」

「興味あるんだ?」

「だから邪推するな」

ちょうどチャイムが鳴ったので、話をそこで終え、二人は教室に戻った。

いつもの伝達事項を口にする担任教師の声を聞き流しながら、ジュウは考えた。

美夜の話だと、堕花雨は影の薄い生徒ということになる。ジュウの抱いていたイメージと、それは随分(ずいぶん)と違っていた。少なくとも、一度見たら忘れられない存在感があった、と思う。

あの押しの強さと妄想は強烈だった。

そうした面を、他の人間は知らないのだろうか?

昨日の一喝で諦めてくれたのか、休み時間や昼休みになっても、堕花雨は現れなかった。

ジュウは少しだけ拍子抜けしたが、まあ災難が去ってくれたのだと考えることにした。単純ないざこざなら平気でも、ああいった理解不能なものはできるだけ避けたい。それに、誰かのことを考えるのは、まるで自分の心が浸食されるようで気持ち悪かった。もう会わないで済むなら、それに越したことはない。

帰りのホームルームが終わると、ジュウは早く帰ることにした。教科書はほぼ全教科が机の中に詰めてあるので、鞄は平面に近く、しかも軽い。それを指に引っかけ、美夜が制止する声を無視して教室を出た。部活に関わらない生徒たちの波に乗るように下駄箱で靴を履き替え、校門を抜けた。

六月初旬の空はまだ明るく、僅かに青空も見えた。ジュウは駅に向かいながら、街並みをぼんやりと瞳に映した。視覚情報をろくに処理せず、記憶もしないでただ見る。

コンビニの店頭に張り出された新発売のアイスの広告。本屋の店先に並んだ雑誌。時代遅れなところが受けている駄菓子屋に群がる女子生徒の群れ。歩きながら携帯電話で話す奴もいれば、メールのやりとりをしている奴もいる。

それらを見ながら、ジュウはひたすらにぼんやりとしていた。

何も考えない、という状態は気持ちいいと思う。ただ生きているだけであり、これこそが生を実感する瞬間ではないかとさえ思う。こうして、いつの間にか人生が終わり、気づかぬうちに死ねたら楽だろう。何も思い悩むことなく、一瞬で天寿を全うできたら幸せだろう。

そんなこと、どうせ実現できないだろうけど。

巡回中の警察官が、汚いものでも見るような目でジュウを睨みつけながら、横を通り過ぎていった。凶悪犯罪の増加に伴って警察の威信も低下し、その回復に必死なのだろう。外見からジュウは警察官に目をつけられやすかったが、後ろ暗いところがあるわけでもなく、特に気にしてはいなかった。

お仕事ご苦労さん、と思いながら大きな欠伸を洩らしたとき、ジュウはふと近くの店のショーウインドウに目を向けた。

そして、そこに自分の二メートルほど後ろを歩く人間の姿が映っているのを見た。

ジュウの意識はそれを処理し、記憶と照らし合わせてしまった。

途端、欠伸がため息に変わる。

「……おい」

足を止めず、そして振り返らずに、ジュウは低い声で言った。

「はい、何でしょうかジュウ様?」

後ろを歩く少女、堕花雨は、抑揚のない声で答えた。

昨日のことで少しは懲りたかと思ったが、彼女にはまるで変化がなかった。

もう二度と姿を見せるなと言ったはずだ！

てめえ日本語がわからねえのか！

いろいろと文句が頭の中に浮かんできたが、ジュウはそのどれも口には出さなかった。

無駄だと察したからだ。

美夜から聞いた話を合わせてみてもわかるとおり、この少女はかなりおかしい。

奇人変人の類い、と思って間違いないだろう。

ならば、こちらがいくら正論を吐こうと通じるはずがない。

こういう人間は、自分の中で勝手にルールを決め、それに従って生きているのだから。

その身勝手さは、不良生徒などの比ではない。

「おまえ、よく俺が見つけられたな？」

ジュウとて、こうした事態を少しも予想しなかったわけではなかった。放課後は危険だと思い、だからこそわざと一番混み合う時間帯を選び、他の生徒に紛れるようにして歩いてきたのだ。

雨の答えは簡単だった。

「ジュウ様の輝く頭髪を、わたしが見落とすはずがありません」

輝く頭髪とは、金色に染められたジュウの髪の毛のことだろう。

ジュウは長身であるし、それにこの髪の色であれば、たしかに目立ってはいる。

比較的校則の緩い桜霧高校だが、茶髪の生徒は多くいても、金髪にする生徒は他にいなかった。そんなことをすればジュウに喧嘩を売られる、と思い込んでいる生徒が多いからだ。

「その輝きこそが、ジュウ様が王である証なのです」

これは染めたもんだよバーカ、と言いたいところだったが、ジュウはあえて無言で通した。

……王の証か。

帰宅してからどうするか、ジュウは特に考えていなかったが、これで決まった。


翌日の朝。登校してきたジュウの姿を見て、教室の中は少しざわついた。

そういう反応をされるのはわかっていたので、ジュウは平気な顔で自分の席に座った。皆ちらちらと視線を向けてくるが、直接話しかけてくる者はいない。小説を読んでいたらしい藤嶋香奈子などは、驚きで目を丸くし、硬直していた。

いつもより少し遅れて教室に現れた美夜が、クラスを代表するようにジュウに訊いた。

「どうしたの、その頭?」

「おかしいか?」

「おかしくはないけど。でも、ビックリするよ。いきなりだもん」

美夜はじっとジュウの頭を見たまま、うーんと唸った。

ジュウの髪は、黒くなっていたのだ。

昨日の帰り、行きつけの床屋に寄って染め直しただけのことではあるが、入学以来の金髪がいきなり黒くなっていれば、誰でも驚くだろう。

今朝、鏡を見たとき、ジュウは自分でも違和感を覚えたほどだ。

「どういう心境の変化？」

「別に。まあ、目くらましみたいなもんだ」

「誰に対する？」

「ストーカー」

「えっ？　ストーカー？」

美夜はしきりに首を傾げていたが、やがてニコリと微笑んだ。

「詳しい事情はわからないけどさ。髪の毛、黒い方がカッコイイね」

「おまえの髪の方が綺麗だよ」

「……おお、ジュウ君がわたしを誉めてくれた」

「社交辞令だ」

「わたしのはお世辞じゃないのに……」

美夜は何やら不満そうだったが、担任教師が教室に入ってきたので自分の席に戻った。

その教師も、やはりジュウを見て唖然とした。ジュウたちのクラスの担任教師である中溝は、四十代後半の妻子持ちで、どちらかといえば生徒の自主性を重んじるタイプ。学年主任でもある彼は、ジュウの態度をそれとなく注意しながらも、基本的には容認しているような人だった。

ジュウの黒髪を、いい傾向だと思ったらしい。せっかく更生する意志を見せ始めた生徒を刺激してはいけないと判断したのか、あえてその件には触れず、今日の連絡事項を伝え始めた。

髪の色が変わったくらいで中身まで変わるものか。

そう思いながらも、ジュウは本当の理由を口にする気はなかった。

これはあの女、堕花雨から逃れるための策なのだ。昨日の帰り際、彼女がジュウの金髪を目印にしているようなことを言っていたことから思いついた策。

これでもう、あいつにつけ回されずに済むはずだ。

王の証とやらがなくなったのだから、彼女は落胆するかもしれない。

いい気味だ。

午前中の授業を終えて昼休みになると、ジュウは手早く昼食を済ませ、美夜の声も振り切り、教室を出ていった。目指す場所はない。ただ適当に教室の近辺をうろついていれば、堕花雨と遭遇するはずだ。自分を見たときの雨の反応に思いを巡らし、ジュウはほくそ笑んだ。

そして彼女は現れた。

廊下の角を曲がったところでジュウの姿を見つけると、彼女は一直線にこちらへと向かってきた。ジュウは、それに気づかぬふりをして、窓の外に視線を向けた。

雨はジュウのすぐ側まで来ると、そのまま人形のようにピタリと静止。

「ジュウ様、お呼びでしょうか?」

「……呼んだ？　俺が？」

「ジュウ様が、わたしをお呼びになったように感じたのですが」

何をどう感じたのか追及する気も起きなかったので、ジュウはさっそく本題に入ることにした。

「そんなことより、どうだ、これ？」

そう言って、自分の髪の毛を指さす。

「これでもう関係ないだろ？」

「何がですか？」

「何がって……おまえ、これが見えないのか？」

「髪の毛を黒く染められたのですね。よくお似合いです」

「いや、そうことじゃなくて。もうないだろ、証が？」

「証？」

「王の証だよ。おまえ言ってたじゃねえか、昨日」

自分で言ってて嫌になってきたが、ジュウは念を押すように続けた。

「俺の金髪が証だって言ってたろ？　だから、これでもう俺は……」

「髪の色が、何か関係があるのですか？」

「……は？」

「ジュウ様が我が王である証は、魂にあります。崇高なその輝きは、見間違えようもありません」

甘かった。

ジュウは自分の認識の甘さに愕然とした。

この堕花雨という少女は、ジュウが思う以上に筋金入りの変人なのだ。

理屈など、いつでも都合よく書き換えられるような奴なのだ。

こうすればきっとこうなる、という普通の予測がまるで通じないのだ。

「ジュウ様、お顔の色が優れませんが、御気分でも悪いのですか?」

もやは逃げようという気力も湧かず、ジュウはその日、堕花雨に帰宅するまでつきまとわれた。

「最近、なんとなーく挙動不審に見えるんだけど、何かあったの?」

「あったとしても、おまえに言う必要はない」

「うわ、その言い方は傷つくんじゃないかな」

「他人の悩みなんて、知らないに越したことはないんだ。放っておけよ」

「それ、さりげなくわたしを気遣ってくれてる?」

「勝手にそう思ってろ」

投げやりなジュウの反応を見て、美夜は肩をすくめた。

ここ数日、ジュウは気の休まることがなかった。あのストーカー女、堕花雨の執拗な尾行が続いていたからだ。特に何をするでもなく、雨はジュウの後をつけ回してくるのだ。

ジュウはとことん彼女を無視していた。もはや、そうするしか方法がなかった。妄想は否定したし、髪は黒く染めたし、怒鳴りつけてもみたが、全てダメ。

まさか警察に相談するわけにもいくまい。

力ずくで追い返す、という手段もあるにはあるだろうが、ジュウはそういったことに抵抗があった。女を殴れないとか、殴ってはいけないとか思っているわけではないのだが、向こうから危害を加えられたのならともかく、ただつきまとわれるだけで暴力を振るうのは理不尽のような気がするのだ。不良を気取っていながら徹底してないな、と自分を情けなくも思う。

とにかく、堕花雨から逃げたかった。

あの気味の悪い女を何とかしたかった。

精神的に追い詰められたジュウは、疲弊した頭でその策を思いついた。

その日、いち早く教室を飛び出したジュウは、珍しく先輩たちに声をかけた。留年を二度繰り返し、今年で二十歳になる三年の井原を筆頭とする五人のグループ。学校の汚点、と教師たちが口を揃えて言う五人組だった。ジュウとは入学式で揉めて以来、何度かの乱闘を経て、今は一応の休戦状態にある。

そのメンツを集め、ジュウは一緒にカラオケに行こうと誘った。全てジュウの奢りで、という話を聞き、井原はニンマリと笑った。ジュウが詫びをいれてる形と受け取ったのだろう。最近になって金髪をやめたのも、そうした意思表示の一つだと。生意気な後輩がついに観念し、自分を接待するという図式は悪くない、と思ったようだ。

満足した先輩たちは鷹揚に頷き、ジュウを連れ立って街に繰り出した。店を選ぶのは先輩たちに任せ、ジュウはさりげなく後方を確認。いつものごとく尾行してきている堕花雨の姿を見つけ、心の内で喜んだ。

学校とは反対方向にある駅前のカラオケボックスに入ると、ジュウは適当に話を合わせながら、先輩たちの歌に拍手した。今までのことを謝れ、と言われたら素直に頭を下げた。何発か殴られても我慢した。

背に腹は代えられない、目的のためだ。

学生服で来ているジュウたちにも、店側は愛想よく酒を出してくれた。ジュウたちの外見が危険そうに見えたこともあるだろうし、そういうご時世だということもある。

ビールをちびちび飲んでいたジュウは、先輩から向精神薬系の錠剤を勧められたが、それは断った。三粒で一時間は現実を忘れられる薬が、今は小学生の小遣い程度で買える世の中だ。

以前、ジュウは試しにそういう薬を使ってみたことがあるのだが、最悪だった。

たしかに、夢心地で嫌なことは忘れられる。だが、薬が切れた途端にその不快な現実が一斉に襲いかかってくるのだ。しかも前以上の威力を伴って。

二度と御免だと思った。

普通に生きていても現実の嫌な部分を思い知らされるというのに、それを増強するような行為などやりたくもない。

「なんだ、柔沢は薬をやらんのか！」

高校生というよりも中年のような声で、井原はジュウを怒鳴りつけた。

酒臭い息を顔に吹きかけられながらも、それにジュウは作り笑いで対応した。

「すんません。そういうのは苦手でして」

「軟弱野郎が」

先輩たちは声を上げて笑ったが、ジュウはそれも受け流しておいた。

後のためだ。

トイレに行くと言って、ジュウは一度部屋の外に出た。階段を下りて店の出口まで行き、そこから顔を覗かせながら堕花雨の姿を捜した。

思ったとおり、まだいた。

まるで誰かと待ち合わせをするかのように、店の近くにある電柱の側に立っていた。その様子に興味を示す通行人もいたが、見るからに地味な少女に、あえて声をかけようとする者まではいなかった。

時刻は六時を回り、朝からの曇り空はさらに暗さを増し始めていた。

そろそろいいだろう。

雨に気づかれぬように顔を引っ込め、ジュウは階段を上がった。

部屋に戻ったジュウは、ちょうど程よく酔いの回った先輩たちに話を持ちかけた。

「実は俺、最近ストーカーに悩まされてまして……」

話題に飢えていた先輩たちは、その話に聞き入った。

薄気味悪い女がいつもつきまとってくる。迷惑してる。どうにかしたい。

ビールの入ったコップを持ちながら、先輩の一人が言った。

「そりゃあ、あれだ。二、三発殴れば済む話じゃねえか？」

その意見に、他の先輩が口を挟む。

「そんな迷惑女、犯っちまえばいいんだよ。そうすりゃあ嫌でも大人しくなるって」

先輩たちの意見が飛び交う中、ジュウはそれを黙って聞いていた。

目論見どおりに事が進んでいる。

先輩たち五人の意見は、しばらくしてまとまった。

リーダー格である井原が、荒い息を吐きながら言う。

「よし、その迷惑女は任せろ。可愛い後輩のためだ。俺たちが世間の常識ってもんを叩き込んでやる！」

酒と薬がもたらした興奮が、ジュウの話を聞いてさらに増大したらしい。

俺たちが楽しみながら、おまえの悩みも解決できる一石二鳥の案がある、と井原は笑っていた。それに対してジュウは何も言わず、その態度を承諾と受け取った五人は、そのストーカー女がどんな奴か訊いた。

簡単な特徴を伝えてから、ジュウはこう付け加えた。

「今日も来てるんですよ。ええ、外にいます、そいつ」

五人は顔を見合わせ、下卑た笑いを浮かべた。じゃあさっそく、と部屋を出ていく五人を、ジュウは無言で見送った。終わるまで飲んでいようかと思ったが、コップに残ったビールをそのままに、レジに向かった。会計を済ませ、しかし、外には出ない。

井原たちの噂はよく知っている。女をレイプするなどお手の物で、警察に嗅ぎつけられない方法も熟知しているらしい。堕花雨は何処かに拉致され、散々に犯されるだろう。

その後どうなるのか、彼女がどうするのか、ジュウは知らない。

そういった場面を見物して楽しむような趣味も、ジュウにはない。

レジの近くに置かれた順番待ち用のソファに座り、手持ち無沙汰だったのでタバコを銜えた。自分のではなく、先輩のものを失敬した一本だ。銜えただけで火を点けず、後頭部を壁に預けて薄汚れた天井を見上げた。レジにいる店員は邪魔そうにこちらを見ていたが、無視した。

ジュウはタバコを吸わない。こうしているのも、こうするのが不良らしいと思うから、格好を真似ているだけだ。何故タバコを吸わないのか、その理由を改めて思い出し、胸くそ悪くなった。

両親が揃ってヘビースモーカーだったからだ。タバコの匂いは、嫌なイメージしかない。

レジに備え付けられていた小さなテレビには、雨の降る映像が流れていた。台風が来ているのだと、テレビのレポーターが伝えていた。店の中にいるうちに、どうやら外はどしゃぶりになっているらしい。

先輩たちは、堕花雨を何処に連れ込むのだろうか。

あのムカック女とも、これで縁が切れる。

レイプでもされたら、さすがにもうジュウを追いかけるどころではなくなるだろう。

悩みがなくなって清々する、本当に。

火を点けずとも、口に銜えたタバコからは特有の匂いがした。銘柄に関係なく、どのタバコの匂いもジュウは嫌いだった。

堕花雨は、俺と先輩たちが一緒にカラオケボックスに入っていくのを見ていたはずだ。

だから、自分が先輩たちに襲われたら、その理由にも気づくだろう。

俺が絡んでいると気づくだろう。

あの電波女はどう思うだろうか？

俺に裏切られた、と思うだろうか？

一方的な妄想を押しつけておいて、そんなことを思うだろうか？

レジの店員がケーブルテレビにチャンネルを替えたらしく、テレビ画面は延々と降り続く雨の模様を映していた。大雨洪水警報が出ました、とテロップが流れた。

裏切りとは、双方の想いの重さ、あるいは質が違っている場合に起きる悲劇、だと思う。

こちらがどんなに想っていたところで、相手には毛ほどの情けもない場合だってある。

いつだって、たくさん想っていた側が傷つくのだ。

いつだって、いつだってそうだ。

幼い頃、ジュウはイジメられっ子だった。近所でイジメられ、学校でもイジメられた。

その理由は覚えていないし、思い出したくもない。

教師は助けてくれなかったが、それでも良かった。きっと両親は自分の味方だと、お父さんとお母さんだけは自分のために怒ってくれると、そう信じていたから。たまの仕事休みに両親が揃った夕食の席で、ジュウはずっと我慢していた悩みを打ち明けた。

みんなが僕をイジメるんだ。

僕はどうしたらいいの？

お父さん、お母さん、僕はどうしたらいいの？

後にも先にも、あれほど自分の心情を吐露したことはなかった。

話を聞いた両親は、何も言わなかった。ジュウの言い分は理解していた、と思う。だがジュウの期待していたような反応は、何も出てこなかった。あからさまに不愉快そうに顔を歪め、ガキの戯言を聞かされてうんざりだと、その表情は語っていた。愕然としたジュウは、膝の上で両手を握って俯き、そのうちに食べかけの夕食は片づけられた。両親はさっさと席を立ち、それぞれ違う部屋に消えた。

ジュウは夜中まで、疲れて眠くなるまでそのままだった。

泣きはしなかった、と思う。

ただ悔しくて、情けなくて、気まぐれの優しさしかくれない両親でも大好きだったのに、これからも大好きでいたいと思っていたのに、信じていたのに、その気持ちを裏切られたと、そして、そう感じてしまう自分が嫌いだと、傷ついた自分の弱さが嫌いだと、ジュウは思った。

そういうことが続いているうちに、多分、自分の感覚は麻痺していったのだ。

誰かに裏切られるのは、別にいい、もう慣れた。

でも、誰かを裏切るのは嫌だった。

あのときの自分のような思いを、誰かに味わわせるのは嫌だった。

それだけは嫌だと、あのとき自分は思ったはずだ。

ジュウはタバコを吐き捨てた。

「……何やってんだ。バカか俺は！」

ジュウは全速力で階段を駆け下り、その勢いで店の外に飛び出した。

案の定、どしゃぶりの雨だった。視界が狭まるような感覚が、気持ちまで暗くし、息苦しくさせる。急いで周囲に視線を走らせながら、通行人をかきわけ、雨音に混じって聞こえる人の声を探った。

すぐに見つかった。

先輩たちが誰かを囲むようにして人気のない場所へと歩いていく後ろ姿。

ジュウはそちらへ向かって走り、加速をつけると、先輩の一人を後頭部から蹴り倒した。

一斉に振り向く視線の中に、やはり堕花雨がいた。

制服がいくらか乱れてはいるが、まだ無事。

「柔沢！　てめえ、どういうつもりだ！」

井原が獣のように歯を剝き、ジュウを威嚇する。

その隙に他の三人はジュウを囲んだ。

放置された雨は、さすがに困惑しているのか立ちすくんでいた。

「答えろ、柔沢！」

「さっきの話、やっぱなし」

「あ？」

「欲求不満は、そこらのバカ女と済ませてくれ」

そう言い終わる前から、もうジュウは動いていた。一対四はさすがにまずいが、幸いにして四人は薬と酔いが回っており、ジュウはしらふに近い。その差が動きに表れていた。たっぷりと飲み食いした先輩の腹を蹴り上げ、前のめりになったところを、顎を目がけて殴りつけた。まず一人。しかし、そのうちに他の三人が左右と背後からジュウに摑みかかろうとして来た。集団戦では摑まれたら終わりだ。どしゃぶりの雨に紛れるように、ジュウは低い姿勢で地面を蹴り、その手から逃れる。ひたすらに動き続け、そうしながら一人の鳩尾に拳を突き入れ、もう一人のこめかみに肘を打ち込んで昏倒させた。

　喧嘩慣れ、という点では先輩たちとジュウにそれほどの差はないだろうが、身体能力と精神力にはハッキリその差が見えた。生まれつき優れていた身体能力を、ジュウは極めて冷静に扱うことに慣れていたのだ。故に一対一になった時点で、井原の負けは、ほぼ確定していた。

相手が一人である限り、ジュウはまず負けたことがない。

薬の影響でジュウの姿が化け物にでも見えたのか、井原は悲鳴を上げて後退した。

「く、来るなぁ！」

井原が逃げ腰になった瞬間にジュウは間合いに飛び込み、腹に一発、顎に一発。

それだけで井原は崩れ落ちた。

辺りに吐瀉物をまき散らしているが、重度の怪我ではない。

ホッと息をついたジュウは、そこで残りの一人、最初に蹴り倒した先輩のことを思い出した。

「柔沢！」

今まさにジュウに殴りかかろうとしていたその背後に、堕花雨が素早く回り込んだ。雨は手にしていた学生鞄を振り回し、その角で思い切り後頭部を殴りつけた。相手がよろめいたところで、さらに股間に蹴り。ジュウが手を出すまでもなく、最後の一人は泡を噴いて失神した。

五人の呻き声と雨音だけが響く中、二人はお互いを見つめ合った。

ジュウは強引に雨の手を握り、言った。

「来い」

「はい」

なんとまあ味気ないやりとりだろう。

ジュウは内心で苦笑したが、それは不快な感情ではなかった。

先輩たちは当分の間は立ち上がってこないだろうが、目撃していた通行人が騒ぎを通報しないとも限らない。最近は巡回する警察官の数も増えており、取り締まりの姿勢も厳しい。相手が学生だろうと容赦はしない。関われば面倒だと考えたジュウは、急いで駅前の大通りでタクシーを拾い、自宅のマンションに向かうことにした。

タクシーの中はもちろん、マンションに着き、エレベーターに乗っている間も二人は無言で、家の中に入ってからも口を開かなかった。どしゃぶりの中、ジュウは結構な速さで走ったつもりだったが、雨に疲れた様子はない。華奢な外見に似合わず、意外と体力があるのだろう。

二人とも傘を差さずに来たので、盛大に濡れていた。季節柄、寒いというほどではないが、あまりいい気持ちではない。

ジュウは取り敢えず洗面所に行き、バスタオルを二人分取ってきた。一枚を無言で雨に投げ渡し、残りの一枚を頭から被る。髪の毛をごしごしと拭きながら、雨の方をちらりと見た。

彼女は受け取ったバスタオルで顔を拭いていた。話をする必要があるのだが、その前にまず着替えだ。といっても女物の服など家にはない。母親のものならいくらかあるのだが、それには触れたくもなかった。

制服を乾かしている間、俺の服でも羽織っていてもらうか。

これが例えば、相手が紗月美夜なら、同年代の異性としてジュウもいくらか意識はする。

しかし、この電波女が相手では、そんな気持ちが湧くはずもなかった。

ジュウは部屋着のシャツに着替えると、タンスの中から適当にトレーナーとズボンを選び出し、雨に放り投げた。

「制服を脱いで、それを着ておけ。その間に制服の方は乾かしてやるから」

直接手渡さないのは、何となく、この電波女と接触するのが嫌だったからだ。

さっきは勢いで手を繋いでしまったが、あれはあくまで緊急事態。

堕花雨に対する警戒心を、ジュウは少しも解いてはいなかった。

「ありがとうございます」

雨はそれだけ言って、その場で制服を脱ぎ始めた。羞恥心がないのか、あるいは自分以外にジュウしかいないからなのか。ジュウはその様子に背を向け、頃合を見計らって振り向き、脱いだ制服を掴み取った。そして、自分の制服と一緒に乾燥機に放り込んだ。

あとはお茶でも淹れるべきか。やかんに水を入れ、ガス台にのせて着火。

「そのへん、適当に座ってろ」

雨にそう言い、ジュウは自分も食堂テーブルを囲む椅子に腰掛けた。

三人家族なのに椅子が四つ。

幼い頃は、家族がまだ増える予定があるのか、もしくは来客用だとばかり思っていたが、どちらも違った。弟や妹が出来るような愛情は両親になく、家に客を呼ぶような性格でもなかったからだ。ただ単に、家具を購入したときから四つ椅子があった、というだけなのだろう。

雨はジュウの向かい側に立っていたが、座ろうとはしなかった。

「座れよ」

「いえ、ここでかまいません」

無理強いする気もないので、ジュウはそれ以上は言わずにテレビのリモコンを手に取った。

だが、テレビをつけるのは現実逃避のような気がしてやめた。

リモコンをいじりながら言う。

「おまえの名前、雨だったよな？」

「はい」

「雨が雨に濡れるか。シャレになってるかな」

心を落ち着けるための、どうでもいい話だった。

なるべく手元を見て、雨の方に視線を向けないのは、ジュウに後ろ暗いところがあるからだ。

今回に限っては完全に自分が悪いという自覚が、ジュウにはある。

「怪我はなかったか？」

「はい」

「……悪かった、謝る」

リモコンをテーブルの上に置き、ジュウは深く頭を下げた。

誰かにこうして頭を下げるのは久しぶりだった。

「あいつらにおまえを襲わせたのは、俺だ。全て俺が悪い。おまえに非はない。俺を恨んでいいし、罵ってもいい。殴ってくれてもかまわない。何なら警察に訴えてもかまわない。どんなことになっても俺は言い逃れはしない、絶対に」

頭を下げたまま、ジュウは一気にそう言った。

ウソ偽りのない本心だった。

止めに入ったことは何の贖罪にもならないと思っている。

しかし、雨の反応を待っていたジュウは、意外な言葉を聞いた。

「わたしがジュウ様を怒る理由など、ないと思います」

話が通じていないのかと、ジュウは顔を上げて真正面から雨を見た。

ほんの僅かな間だけ、本題を忘れた。

濡れた髪を拭った雨は、いつも垂らしているうっとうしい前髪を上げ、素顔をさらしていた。

マンガなどで、よくある話。

メガネを外したら、髪型を変えたら、地味に見えた女の子が実は可愛かったとか。

そういう話がそうそう現実にあるわけないと、ジュウは思っていた。

たしかに、現実は少し違っていた。

堕花雨の素顔は、可愛いくはなかった。可愛いというよりも、綺麗と評するべきだろう。しばらく見つめていたい誘惑に駆られるような、そんな美しさだった。濡れた髪がまとわりついた肌は、まるで血が通ってないかのように白く、ほとんど生気を感じさせない。意志の強さを窺わせる切れ長の瞳が、特に印象的だった。相手の心の底まで見抜くような、強くて深い瞳。

小さな雪女を、ジュウは連想した。

見る者を惑わす美しさと、魂まで凍りつかせるような威圧感を併せ持つ少女。

不意打ちを食らった感じのジュウは、しばし息を呑んだ。

雨は続けて言う。

「ジュウ様がどういうお考えでそうなさったのか、わたしにはわかりません。しかし、それがジュウ様の意志であり決定であるというなら、それに従うのはわたしの希望であり義務なのです。ですから今日のことも、ジュウ様が謝ることはありません」

それは慰めで言っているわけではなく、急場凌ぎの屁理屈でもなく、彼女の中ではきちんと筋の通った理屈らしい。

いつものように前髪が邪魔をしていない分、その表情からも真剣さが伝わり、彼女の主張が本気だということがジュウにはわかった。

わかったが、納得するわけにもいかない。

「お、おまえ、自分が何をされそうになったかわかって言ってんのか?」

「おおよそは見当がつきます」

「なら怒るだろ、普通は！」

「ジュウ様のお考えに間違いはありません。ですから、怒る理由などありません」

「俺が、この俺が間違ってたと認めてるんだよ！」

「ジュウ様は、わたしを助けてくださいました」

「だから、それは……！」

やっぱり話が通じない。

どんなに美人でも、電波女は電波女だ。

それでも、ジュウはけじめをつけることにした。

これはただの自己満足なのかもしれない、と少し情けなく思いながらも。

「おまえ、俺を殴れ」

「何故ですか？」

「いいから殴れ」

「それは命令でしょうか？」

「命令だ！」

「では、失礼します」

雨の平手打ちが、ジュウの頬を打ち抜いた。手首のスナップがよく効いた一撃で、女同士の喧嘩ならこれだけで相手は倒れるかもしれない。

思ったよりも痛かったが、それが逆に心地よかった。

「これでチャラにしろとか、許してくれとは言わん。俺に何か償いができるなら言ってくれ」

「償いなど必要は……」

「何か願い事を言え！　これは命令だ！」

「はい」

雨は素直に頷いた。

ジュウに強引に話を進められることが、彼女にとっては苦痛ではないようだった。

むしろそれが自然、とでも言わんばかりの反応。

ジュウは内心かなり困惑していたが、雨の言葉を待つことにした。

何かしなければ気が済まない。これもまた、自己満足なのだろうけど。

雨が思考に要した時間は十秒ほど。

彼女はジュウの顔を見つめ、その想いを口にした。

「……わたしの願い事はひとつです」

「何だ？」

「どうか、わたしがジュウ様のお側にいることを、お許しください」

このときの返答を、ジュウは後々になって何度も悔やむことになる。

それでもこのときは、この瞬間においては、ジュウになし得る返答はひとつしかなかった。

彼女が向ける真摯な眼差しに、ほんの僅かだが、心が動いてしまったのかもしれない。

こいつは電波女で、ろくに話も通じないし、気色悪い奴だ。

そう思いながらも、ジュウはこう答えた。
「好きにしろ」
それを聞いた雨の表情を見て、ジュウは自分が最良の選択をしたように錯覚した。
そう、それは多分、錯覚だ。
人間はみんなそうやって、錯覚しながら生きていく。
錯覚するから生きていける。
堕花雨は、出会ってから初めて微笑んでいた。
心底嬉しそうに。

第2章　戸惑いの日々

翌日の放課後、堕花雨は堂々とジュウのクラスに入ってきた。

席の側まで来ると、帰り支度をしていたジュウに言う。

「お迎えに上がりました」

「あいよ」

うすっぺらい鞄を脇に抱え、ジュウは雨に頷いた。

その様子を見ていた美夜は、ジュウと雨を交互に指さしてから、ちょこんと首を傾げた。

「どういう関係？」

「主従関係です」

「ただの友達だ」

あまり長く会話させると危険なように思えたので、ジュウは美夜と雨を引き離した。

美夜が不思議に思うのも当然なのだが、説明する気にはなれなかった。

だいたい、何と説明すればいいのか？

成り行きのような、自業自得のような、因果応報のような、そんな状況なのだから。

「ちょっと柔沢！」

学級委員の藤嶋香奈子が、つかつかとジュウに近寄って来た。

腰に手を当て、メガネの奥の目を細める。

「あんた、髪を染め直して少しは更生したかと思ったら、今度は教室に女を連れ込んで……！」

「お待ちください」

ジュウが何か言い返すより先に、堕花雨は藤嶋香奈子の前に立ち塞がっていた。

まるで、ジュウを守るように。

「あなたは、ジュウ様の敵ですか？」

「様？　敵？　何よそれ？　そんなことよりあなた、こんな男とつき合ってるとろくなことにならないわよ」

「例えば？」

「例えばって……そりゃあ、いろいろ酷い目にあうってことよ」

「ジュウ様のためなら、わたしは地獄へもお供します」

「あ、あなた……」

「ジュウ様の喜びはわたしの喜び。ジュウ様の望みはわたしの望み。我が存在は、これ全てジュウ様のためにあるのです。なぜなら、わたしとジュウ様には前世からの固い絆が……」

話がまずい方へと逸れ出したので、ジュウは慌てて雨の口を塞ぎ、そのまま移動した。

「じゃあな、藤嶋。美夜も、また明日な」

クラスメイトの好奇の視線を浴びつつ、ジュウは雨を連れて教室を出ていった。

雨が側にいることを認めはしたが、だからといって、ジュウに彼女を気遣うつもりはなかった。いたければいればいい、という程度の感覚だ。

ジュウの側にいることは、雨にとってプラスにもマイナスにもならないだろう。

それに、きっとそのうち飽きる。

ジュウの方が、ではない。雨の方が飽きる。柔沢ジュウという青年のつまらなさに。

ジュウはそう思っていた。

だからこれは、それまでの、そう遠くない日まで続ける友達づき合いみたいなものだった。

女連れの行動は目立つかと心配したが、意外とそうでもなかった。校内はともかく、学校を出てからはジュウたちに注目する者もなく、平穏無事な空気。

堕花雨の件は一応の片がついたので、ジュウはまた髪を染めようかと少し悩んだが、やめておいた。女が理由で髪の毛の色を変えるのは、何だか格好悪いような気がしたからだ。

井原たち先輩グループは、あれ以来なにも言ってこなくなった。あの一件をジュウの仕掛けた罠、と考えているらしい。そこから復讐にではなく、逃避に思考が移行してくれたのは、情けないやら助かるやら。今では校内や外で会っても、目も合わせようとしないほど彼らに避けられていた。

駅に向かう道中、雨はジュウの斜め後ろに控えるように歩いていたが、一言もしゃべらなかった。元来無口なのか、話題がないだけなのか、ジュウの出方を待っているのか、それとも何か企んでいるのか。美夜から聞いた話だけでは、堕花雨がどういう人間なのかまだわからない。

悪い奴ではない、と思う。

頭のおかしい奴、ではある。

なんとも扱いかねる存在だった。

二人は一切言葉を交わさず電車に乗り、同じ駅で降りた。

まさかジュウに合わせているのでは、と疑ったが、彼女はわりと近所に住んでいるということだった。雨の口から聞いた住所は、ジュウには馴染みはないが、近くにある閑静な住宅地。

ジュウと同じく、雨もこの地区に住んでいたらしい。

ということは、今までも道で会っていたかもしれないわけか……。

記憶を探ったが、やはり覚えがなかった。ジュウは、男の顔はよく記憶するが、女の顔はよほど印象的でないとすぐ忘れる性質なのだ。未だに、美夜と雨、そして香奈子以外の女生徒の名前と顔はほとんど一致しないくらいだった。

お互い近所に住んでいるとわかったからか、ジュウの緊張感もいくらか和らいだ。雨と親しくする気はないが、あえて邪険にすることもないだろう。適当に接すればいい。

季節柄まだ日は沈まず、駅前の商店街には遊び回る小学生たちを多く見かけた。何の悩みもなさそうな顔ではしゃぎまわる姿に、ジュウは多少の憧憬の念を覚える。

ガキはいいよな、とまでは思わない。

ガキはガキで大変なのは、自分もかつてガキだったからよく知っている。

子供の世界は小さく、大人になるにつれて次第に世界は大きくなる、などと世間では言われているが、それはそうだろう。

子供の世界は小さい。小さいから、簡単に壊れる、あっさりと崩れ去る。

世界の終わりがすぐに来る。

だから、大人から見れば些細なことにしか思えない理由でも、子供は自ら命を絶ったりするのだ。その単純さ、純粋さは、大人になるにつれて失われるもの。

では、その代わりに大人は何を得ているのだろう。

そんなくだらないことを、ジュウは考えた。

友達数人と追いかけっこをしていた小学生の一人が、前を見ずに走り、ジュウの足にぶつかった。そのまま転んで尻餅をつき、恐る恐るジュウの顔を見上げた。

怒られる、と思ったのかもしれない。

ジュウは長身であるし、顔つきもどちらかといえば鋭い方だ。その子が何か言うより先に、ジュウは手を伸ばしていた。小さな体を軽々と立ち上がらせ、問題ないと知らせるように頭をポンポンと叩く。あとはその子の顔も見ずに歩き出した。

その子は何か礼の言葉を言ったのかもしれないが、商店街の雑踏がそれをかき消し、ジュウの耳には届かなかった。

側にいた雨は、無言でその様子を見ていた。

不良を自称しているジュウだが、こういうとき、少し自分が恥ずかしくなる。あそこで怒鳴りつけるなり蹴飛ばすなりすれば、否応なしに自分は不良であると思えるだろうに。それができない自分は中途半端だ。

以前、それを他人から指摘されたこともある。

たまたまジュウが朝早く学校に着き、授業が始まるまで教室で一眠りしようと思っていたときのことだ。同じように朝早く登校していた藤嶋香奈子と、校門の前で鉢合わせになった。ジュウも最近知ったことだが、香奈子はわりと近所に住んでおり、通学には同じ駅を利用していた。しかし、登下校時に二人が一緒になったことはなく、それはそのまま彼女の努力の成果だったらしい。ジュウと出くわさぬよう、時間やルートなどを変えていたのだ。

それが偶然、妙な具合で出会ってしまった。彼女は真面目さゆえ、ジュウは目覚まし時計の設定ミス、とそれぞれの早起きの理由はまるで違うのだが。

「……最悪。朝っぱらからあんたの顔を見るなんて、今日は嫌な日だわ」

「前から思ってたが、そんなに俺が好きなのか？」

「だ、誰があんたのこと好きなのよ！　そんなわけないでしょ！」

「悪い、言い間違えた。そんなに俺のことが嫌いなのか？」

「嫌いよ！　大っ嫌い！」

顔を真っ赤にして怒鳴る香奈子を、ジュウは寝ぼけ眼（まなこ）で見つめた。

「そんなに過剰（かじょう）反応すると、誤解されるぞ」

欠伸（あくび）混じりにそう言われ、香奈子はメガネの奥の目を吊（つ）り上げた。

両手を腰に当てながら、いつもの説教口調で言う。

「わたしはね、あんたみたいないい加減な奴が許せないの！　毎日毎日、のんべんだらりと生きてるだけで、何もかも適当にしか考えない奴が、許せないのよ！」

「別に、許されなくてもいいけど」

「屁理屈（へりくつ）いうな！」

まるで出来の悪い子供を叱（しか）るように、香奈子は強気に続けた。

「柔沢、あんたに夢はある？　将来の目標は？」

「特にない」

「わたしには夢がある。わたしは本が好き。翻訳（ほんやく）家になって、外国の本をたくさんの日本人に紹介したいの。その楽しさを伝えたいの。日本の本も、外国に紹介したい。生きているうちに多くの物語に触れられるように、世界中の物語に触れられるように、それがみんなの生きる活力になるように、そう願ってる。だからわたしは将来、翻訳家になる、なってみせる」

そいつは良かったな、おめでとう。

それが香奈子の予想したジュウの反応だったが、彼女が聞いたのは別の言葉だった。

「……すごいな、おまえ」

からかっているわけではなく、本気で感心した様子で、ジュウはそう言った。

「俺はたいして本を読まないから、おまえの言う楽しさや素晴らしさがイマイチわからないけど。きっとわかってくれる奴は大勢いるだろうな。ちょっと羨ましい」

「ほ、本気で言ってるの……?」

「朝から冗談言えるほど、俺はテンション高くない」

ジュウは眠そうに、また大きな欠伸を洩らした。

「がんばれよ……って、俺が言えたがらじゃないか」

苦笑するジュウを見て、香奈子は真顔になっていた。

少し目を伏せ、探るように言う。

「……あんた、どうしてそんなに中途半端なの?」

「不良だから」

「バカね。不良を自称したいなら、わたしみたいな女は殴り飛ばすもんでしょ」

「それこそバカだ」

「それがわかってるくせに、あんたは何でそんななのかしらね……」

そう言った香奈子が珍しい表情を浮かべていたことを、ジュウは覚えている。

ジュウを誉めているような、けなしているような、そんな微妙な感じだ。

面と向かって誰かに「中途半端だ」と指摘されたのは初めてだった。だからなのか、ジュウはその会話をよく覚えていた。不良であることを言い訳にして、ただいい加減に生きているだけだということを自覚させられた会話だ。どうして俺はそうなのかと考えると、それは面倒くさいからだと結論が出た。面倒くさい。その理由を考えることさえ面倒くさい。

いい加減に生きても弁解できるように不良になったのだが、今さらそれに疑問を持ってしまう。

「善人と悪人、生きるならどっちが楽だ？」

別に答えを期待しているわけではなかった。

無言でいるのにもそろそろ飽きたから、たわいもない話題として言ってみただけだ。

側を歩いていた雨は、真面目な顔でそれに答えた。

「どちらも楽ではありません」

「そうか？　どっちかといえば、悪人でいる方が楽だろ」

そう思ったから、ジュウは不良になったのだ。

その方が楽だろうと思ったから。

「度合いによりますね。真の悪人。全ての行動に悪を貫く者。そういった人間になるのは大変に困難です。ほぼ不可能と言ってもいいでしょう。真の善人も、同じくほぼ不可能です」

「理由は？」

「全てに徹底するというのは、とても苦痛だからです」

「苦痛？」

「例えば、悪に徹するというのは、誰も救わないということ。これは苦痛です。自分以外の全ての存在を敵と見なし、苦しめ続けなければいけないのですから」

ジュウは、わかりやすい悪人のイメージを思い浮かべてみた。

暗黒街に君臨するマフィアのボスなどはどうか。映画などではまさに悪の権化として描かれている彼らだが、しかし、真の悪人かといえば少し違うような気もした。

身内や子分には優しかったりする彼らは、善と悪のバランスが大きく崩れた人間ではあるが、心底まで悪に染まりきっているわけではないだろう。

「正義を貫くのも、同様の理由で困難です。我欲を捨て、正義にのみ尽くす、とてつもない自己犠牲精神が必要になります。待っているのは死。ある種の自滅といえるでしょう」

「まあ、そうかもな……」

彼女の理屈は、一応の筋が通っているように思えた。

真面目に話す様子も、それなりに正常に見える。

こうしていると、電波系であることを忘れそうになるくらいだ。

「善にせよ、悪にせよ、そうあり続けるのは難しいということですね」

「じゃあ、どういう生き方が楽なんだよ？」

「どちらにもならないことです」

「善にも悪にも？」

「ある時は善に、ある時は悪に、その場の状況と衝動に応じて両方を好きなように使い分ける。そうするのが一番楽です」

「それって、要するに適当にやるってことか？」

「はい。現に圧倒的大多数の人間はそうして生きています」

周囲に目を向ければ、買い物途中の主婦、その相手をする商店の店員、帰りを急ぐ学生、遊びに夢中の子供、人目もはばからずにいちゃつくカップル、けだるそうに自転車をこぐ警官、団子屋の店先で話し込む老人……。

たしかに雨の言うとおり、みんなそうやって生きているのだろう。

そりゃあ人生は辛いものだし、だからこそ本能は少しでも楽な方を選んでしまう。

そのこと自体はバカにすることでもなく、ジュウも理解できた。

自分だってそうなのだから。

「ちなみに、おまえはどうなんだ？」

「それはジュウ様次第です」

「俺？」

「ジュウ様のお考えに、わたしは従います」

「おまえには主体性がないのか」

「ジュウ様にお仕えする、という望み以外はありません」

彼女の口振りからして、それは冗談ではなく本気であるようだった。

他人の責任まで背負い込まされたような気がして、ジュウはうんざりした。

自分一人でも大変なのに、他人の責任まで面倒を見られるものかと思う。

「あのな、今のうちに言っとくが……」

「もしもわたしの存在が、ジュウ様の負担になると思われたら、そのときはかまいません。わたしをお捨てになってください」

「……そうさせてもらう」

「はい」

躊躇なく頷く雨。

潔さ、というのだろうか。彼女のこういうところに、ジュウは何故か気を引かれる。

多分、自分にはない要素だからだろう。

羨ましいのか、ただ珍しいのか。

「これは余談になりますが、人間が悪魔になるには、連続した千の悪行が必要なのだそうです。ひとつでも善行があれば即リセット。これは簡単なように思えても、悟りを開くのと同じくらい困難でしょうね」

強引な話題転換は、ジュウの戸惑いを察した彼女なりの気遣いだろうか。

ジュウはそれを深く考えず、話を合わせた。

「悪魔になりたい人間なんているか？」

「悪魔の方が人間の上位にいると誤解した者は、そうした願望を持つこともあるようです」

「詳しいな」

「受け売りです。本から得た知識ですから」

「なんて本だ?」

「今の話は、人間堕落絵図第三百一巻、別冊辞典の補足事項に書かれていました」

「……それ、どこの出版社?」

「同人誌の類いだと思いますが、わたしも詳しいことは知りません。たまたま、古本屋で見つけたのです」

　よろしければお持ちしましょうか、という雨の申し出に、ジュウは無言で首を横に振った。

　気がつくと、二人はジュウの住むマンションの近くまで来ていた。普段より道のりが短く感じられるのは、雨と話していたからだろう。自然に彼女との会話に集中していたらしい。もっと退屈で、一緒にいるのが苦痛な女だと思っていたのだが。

　少し複雑な心境だったが、悪い気はしなかった。

　マンションの入り口まで来ると、雨は言った。

「ではジュウ様、本日はこれで失礼します。また明日、お会いしましょう」

　ぺこりと頭を下げて去っていく雨の姿を、ジュウは苦笑しながら見送った。

合い鍵を鞄から出して、彼女は扉を開けた。

玄関にある靴を見て気が重くなる。

今日はいるようだ。

いなければここで帰れるのに。

台所まで行ってみると、案の定、彼はそこにいた。包丁を片手に何かを刻んでいる。

近くに大きめのボウルが用意されており、サラダを作っているようだった。

「やあ、いらっしゃい」

「お料理ですか?」

「うん。今日は仕事が早く終わってね。時間もあるし、たまにはいいかなと」

適当にくつろいでいてよ、と言ってから、彼は料理を再開した。

鍋が火にかけてあるので、何かを煮込んでいるようだ。

「ロールキャベツだよ」

彼女の視線に気づいた彼が答える。

「そうですか」

どうでもいいことなので、彼女は料理ができるまでの間、掃除することにした。

といっても部屋の中は特に汚れておらず、物が散らかっているというわけでもない。普段の彼は几帳面な性格なので、まめに掃除しているのだ。それでも、この部屋にいる苦痛を少しでも和らげるべく、彼女は開いてあった新聞を折り畳み、雑誌などを収めてあるラックに入れた。

片づけを終えると、今度は戸棚から二人分の皿を出し、テーブルの上に並べた。

それから十分ほどで料理は出来上がり、二人は向かい合って席に着いた。

「君は、学校でもそうなの？」

「何がですか？」

「その仏頂面だよ」

「どうでしょう」

「昔は、もっと笑う子だったのにね」

何がおかしいのか、彼は口を押さえて笑っていた。

彼女は無表情にそれを眺め、機械のような動きで料理を口に運んだ。

食事を終えると、食器は彼が洗った。

彼はとても几帳面なのだ、普段は。

いつものようにテレビのある居間に二人は移動し、並んでソファに腰を下ろした。

テレビはずっとつけたままだ。

彼は家にいる間中、テレビを消すことはない。

一度、彼女がテレビを消したことがあるが、彼は悲鳴のような声を上げながら彼女の腹を蹴飛ばした。謝るまで散々に蹴られた経験から、彼女はテレビの存在を無視することにした。

部屋の中に他の音が、彼の声以外の音がたくさん混じっているのはいい、と思う。

しばらく会社の出来事などを話していた彼は、いつものように、彼女の太股へと手を伸ばしてきた。一応は嫌がる素振りを見せながら、彼女はそれを受け入れる。

「あまり遅くなると、おばさんが心配しちゃうだろうし」

だから早く済ませようというのか、彼は彼女の服を脱がしてから、下着に手をかけた。

そうしながらも、たまにテレビに視線を向ける。

多分、彼はなぜ自分がそうしているのかわかっていないだろう。

普段は忘れているから。

彼女はそれが、指令を待っているのだということを知っている。

彼は彼女をソファに押し倒し、その上にのしかかった。

彼女は何も言わず、されるがままになっていた。

瞳は天井を映し、その模様を意味もなく観察しながら、意識の手綱を手放す。

耳元で聞こえる彼の荒い息づかいも、顔と体に塗りたくられる彼の唾液にも、与えられる刺激からも、彼女の心は離反していった。

魂が抜けた自分をイメージし、人形になるんだと言い聞かせる。

慣れているので、すぐにできた。

わたしは、かわいそうなのだろうか……。

半ば停止した思考の片隅で、彼女はそんなことを思った。

ジュウの中で、堕花雨に対する認識は徐々に変化し始めていた。

ジュウにはろくに友達がいないということもあり、必然的に彼女と一緒の時間を過ごすことが増えてきたのも理由の一因だ。

いかに側にいることを許したとはいえ、四六時中ではストレスもたまる。機嫌の悪いときには彼女に当たり散らすこともあるだろうし、露骨に無視したくなるときもあるだろう。

しかし、そういったジュウの危惧は、杞憂に終わった。

堕花雨という少女は、間違いなく電波系と呼ばれるような人間である。

ジュウとしては忌避すべき存在でもある。

だがそれと同時に、妙に手応えがいい部分もあるのだ。

何気ない、本当に何気ない言葉にも返事をしてくれるし、ジュウが悩んでいれば助言もくれる。彼女の言葉は適度に難解でありながらも、聞いていると何となく納得できるものだった。

全てにおいて彼女の意見が正しいわけではなかったが、そうした場合も、彼女はとてもあっさりと主張を引っ込めるのだ。

ジュウの考えを真剣に聞き、頷く。

そうしてまた彼女は何かを言い、ジュウもそれに言葉を返す。

絶対に話の合わない奴だと思っていたのに、いつの間にか自然とコミュニケーションが成立していた。押しつけがましい迷惑な女だと思っていたのに、意外とそうでもない。

もちろん、未だに前世云々を言い出すことはある（この点は彼女も譲れないらしい）。

それでも、ジュウがあまり会話をしたくないときには、彼女は黙って側にいるだけで、余計な口を利かなかった。

彼女が自称するとおり、よくできた従者だった。

堕花雨は、電波系で妄想癖のある少女だが、決してバカではなく、むしろ、そう、少し悔しいことだが自分よりも数段賢い人間らしい、とジュウは結論づけた。

ただ一点、こんな自分を、よりにもよって柔沢ジュウを選んだという点だけが、彼女の失敗だと思えた。


「おまえ、料理とかできるか？」

「できません」

「即答かよ。別に男女差別する気はないが、女はできた方が得だろ」

「わたしに料理ができないのは、わたしは料理をする必要がないという神の啓示なのです」

「どういう理屈だ……。ちなみに、俺は一通りできる」

「さすがはジュウ様」

大げさなほど感心する雨に苦笑していると、ジュウは頭に水滴が当たるのを感じた。

雨はすかさず鞄から折り畳み式の傘(かさ)を出し、それを開いてジュウの上にかざした。

「どうぞ」

「いらねえよ。自分のがある」

相合傘(あいあい)などまっぴらなので、ジュウは自分の鞄に手を入れた。

傘はなかった。入れたつもりが、どうも忘れてきたらしい。

それを察した雨が再び傘をかざそうとしたが、ジュウはそれを押し返した。

「いらねえって。もう近くだし、ここから走って帰るよ」

「では、そこまでご一緒します」

「遠慮(えんりょ)しとく」

雨に他意はないのだろうが、ジュウとしては、やはり一つの傘に男女が入るのには抵抗があった。万が一、堕花雨とつき合っているなどど誤解されたら困る。

……いや、困るのだろうか？

誰に知られたら困るというのか？

深く考える前に思考を放棄(ほうき)し、ジュウは傘の代わりに鞄を頭にのせた。

「じゃあな」

「また明日、お会いしましょう」

ぺこりと頭を下げる雨の姿を横目に見ながら、ジュウは駆け出した。

彼女と一緒に行動するのに慣れてきた自分の気持ちが、よくわからない。

嫌ではないのだが、自分は一人が好きなはずだったのに、という戸惑いがあった。

これでいいのか、これがいつまで続くのか、彼女はいつ俺に飽きるのか、いつ夢から覚めるのか、いつ俺の前から消えるのか。

霧雨をかきわけるようにして走りながら、ジュウはそんなことを考えた。


ジュウは寝るのが大好きだったが、暗闇は嫌いだった。

睡眠は「何もしない」というのがいいと思う。見ることも聞くことも話すことも触ることも嗅ぐことも味わうこともやめ、思考すらも停止するのがいい。たまに夢とかいう邪魔なものを見てしまうこともあるが、目を覚ましたときには忘れているので我慢はできる。夢を忘れるのは当然のことで、そうでなければ人間は四六時中、休みなく何かを考えていなければならなくなってしまう。ジュウには忘れたいことが山ほどあり、記憶が薄れてきたときにはそれに任せることにしていた。覚え直すための確認作業など、まずしない。勉強のときに仕方なくやるくらいだろう。

そもそも、忘れるということは必要がないということだ。

老人がボケるのも、きっとそう。年老いた人間に多量の記憶など必要ない。だから、忘れていくのだ。

辛い人生を乗り切ったご褒美に、いろんなことを忘れていく。

そして楽になれる。

これは神様の配慮だろう。

俺は、いつになったら楽になれる？

薄闇に包まれた部屋の中で、ジュウはそんなことを思った。

闇が嫌いなのは、その中に身を置くと自然に思考が働いてしまうからだ。

母親が家に帰らなくなってどれくらい経つのか、ジュウは覚えていない。以前はカレンダーに印を付けて、帰ってきたときに嫌味の一つも言ってやったものだが、効果がまるでないのでやめた。

両親がいない状況、顔を見ない状況、存在を感じられない状況、それはそれでいいものだ。まるで、自分は何処かから自然発生したのではないかと空想できる。

空想は楽しい。形がなく、定石がなく、混沌としていて、支離滅裂なのが楽しい。思考が拡散し、自分が溶けていくような感覚が楽しい。

ジュウは目を開けた。いや、今まで閉じていたのかもわからないから、最初から開けていて、今さらそれを意識しただけなのか。

窓に水滴の当たる音が聞こえた。

夕方から降り始めた雨は、明日の朝まで続くようだ。

激しい雨音は、まるで世界が自分を責めているかのようだった。

誰も助けちゃくれない。助けなんかいらない。

寝汗をかいたせいか、唇が乾き、喉も少し痛かった。

薄闇に浮かび上がる白い天井に、右手を伸ばしてみる。

何も掴めない。

いくら指を動かしても、空気ばかりで何も掴めない。何故だかわからないが、それが悲しかった。伸ばした右手をそのまま横に倒して力を抜き、ベッドの端から垂らした。

だから闇は嫌なんだ。

余計なことを考えさせる。余計なことは、たいてい嫌なことだ。

何が嫌なのか明確でないのが、さらに嫌だ。明確になっていくのがもっと嫌だ。

このとりとめのない思考の流れが嫌だ。

止まらない、止まらない。

誰か、俺を……。

ベッドの端から垂らしていた右手が、何かでふわりと包まれるのを感じた。

ジュウは少し笑った。

ああ、夢かな。

半分寝ているから、こんな奇妙な感覚があるのだろう。まるで誰かに握られているかのような、この感触。懐かしい感覚。幼い頃、まだ母親がちゃんと母親でいてくれた頃、眠れないとよくこうしてもらっていた。

未練がましいな、俺も……。

ジュウは何気なく、視線を天井から横へと滑らせた。

「こんばんは、ジュウ様」

その声が聞こえるのとジュウが飛び退いたのは、ほぼ同時だった。

ベッドの上に立ちながら、ジュウは反射的に身構えた。

柔沢ジュウは超常現象を信じない。

深夜、自分の部屋に何か現れるなら幽霊ではなく、強盗の類いであると判断した。

感触も声も夢じゃない。ジュウはベッドの上から飛び降りると、部屋の入り口にあるスイッチを入れた。部屋が光で満たされた瞬間に乱闘が始まる、という予測は外れた。

「お、おまえ、何してんだよ……」

「夜分遅く、お邪魔しています」

失礼しました、と頭を下げたのは堕花雨。

ベッドのすぐ横で正座をしているところからして、ジュウの手を握っていたのは彼女なのだろう。懐かしいという思いが消し飛び、ジュウは背筋が寒くなった。

こいつ、どうやって、何をしに、何を考えて……。

混乱する頭の中から、ジュウは最初の疑問を口にした。

「どうやって入ってきた?」

その間も構えを解かないのは、警戒しているからだ。
突如として雨が豹変し、襲いかかってきても対処できるように。
今の雨なら、たとえ右手に包丁を握っていたとしてもジュウは驚かないだろう。
ああやっぱり、と思うだけだ。
知らないうちに合い鍵を作られた?
俺の鞄を漁って鍵を盗んだってのか?
これがこの女の本性なのか?
それなりにいい奴だと思っていた矢先にこれか!
裏切られたことに怒りより虚しさを感じるジュウに、雨は答えた。

「鍵が開いていましたので、普通に入ってきました」

「バカ言うな!　鍵はちゃんと閉めた!」

「いえ、鍵は開いていました。というよりも、窓がすでに開いていたのですが」

「………は?」

ジュウは頭を整理する。
待て、その前にもうひとつ質問をしなければ。

「おまえ、どこから入ってきた?」

「そこからです」

と言って雨が指さしたのは、ジュウの部屋にある窓だった。

たしかに、この窓は大きいので楽に通れるだろう。

だが待て、ここは九階だ。

まさか外壁をよじ登ってきたとでも……。

ジュウのその疑問は、口に出すまでもなく解消された。

そういえば、このマンションは今、外壁の塗装工事をしている最中なのだ。マンションのブロックごとに、外壁には作業用の足場が組まれている。そこを使えば、ここまで登ってこられないこともない。

もっとも、そんなことを実行する奴がいるとは信じられないのだが……。

「おまえ、マジで窓から入ってきたのか?」

「はい」

「作業用の足場を登ってか?」

「はい」

「……大変だったろう?」

「多少は」

明かりの下でよく見れば、彼女の髪や服は濡れており、防水加工らしき袋まで持参していた。袋の中には脱いだ靴や、傘が入っているのだろう。ひょっとしたらロープなども入っているのかもしれない。

彼女は見かけによらず運動神経が優れている。抜群、といってもいいだろう。

だから、彼女ならやってやれないことはない。

しかし、可能だからといって本当に実行するだろうか？

普通は、正常な思考をする人間なら、決してやらないはずだ。

大きなため息を吐きながら、ジュウは言った。

「……もう二度と、窓から入ってくるな」

「わかりました。では、さっそく明日からピッキングの修得を目指します」

「そういうことじゃなくて……！」

雨は、ジュウが何を怒っているのかわからない、という表情だった。

やっぱこいつは電波系だ。話が通じるようで、まるで通じやしない。

自分の非常識さもわかっていないのだろう。

本気で説教してやろうかと思ったが、アホらしいのでやめた。

「で、おまえ、何しに来たんだ？」

その答えによっては、いや、もうかなりの部分、彼女に愛想が尽きかけていたのだが、ジュウは一応訊いた。構えは解いたが、警戒心と胡散臭げな視線を添えて、彼女を見据える。

雨は正座したまま向きを変え、ジュウの視線を正面から受け止めた。

「ジュウ様に呼ばれたような気がしました」

「呼んでねえ」

「テレパシーでしょう」

「幻聴だ」

「前世の絆です」

「妄想だ」

言ってる側から否定していくが、彼女は堪えた様子もない。

しばらく、時間にして十秒程度だが、二人は無言で見つめ合った。相変わらずのうっとうしい前髪が、今日は濡れて半ば顔に張り付いているので、その表情はまるで読めない。

だが、雨の態度からは引け目は見つけられなかった。

正しいことをしている、と自分では思っているのだろう。

説得するのが無理だということはいい加減にわかってきているので、ジュウはさっさと退散してもらうことにした。

ここで一般常識や社会倫理を説いたところで、この少女には馬の耳に念仏だ。

「出ていけ」

「わかりました」

ジュウに命令されると、彼女はいつもどおり素直に頷いた。

雨が立ち上がり窓に手をかけたところで、ジュウは再びため息を吐いた。

「……玄関から出ていけ」

「わかりました」

ジュウは一応は玄関まで送ってやり、電気もつけてやった。

雨は持参していた袋から靴を出し、それを履いてからジュウを振り返った。

「何だよ?」

「この家で、ジュウ様はいつもお一人なのですか?」

「だったら?」

「ご両親は、どちらに?」

「……おまえに関係ない」

自分の口調が低く冷たいものに変化するのを、ジュウは感じた。彼女の言葉から自分への哀れみを感じ取った、というわけではなかった。

しかし、この点については他人に触れられるのは嫌だったのだ。

小柄な雨を、ジュウは威圧するように見下ろした。

「俺は一人だ! でも、同情なんかするな! するんじゃねえ! 俺はそんなものを欲しがるほど弱くねえ!」

深夜の静けさの中に、ジュウの怒声が響いた。部屋に染み渡るようにして消えていくその声を、雨は平然と聞いていた。その態度が気に入らず、ジュウはもう一度怒鳴ろうとしたが、それを制するように雨が先に口を開いた。

「わかっています」

「何がだ!」

「ジュウ様は弱くない」

「当たり前だ！　俺は強い！　だから……！」

「だから孤独も怖くない」

「そうだ！」

「でも、強さと寂しさは別なのです、ジュウ様」

「……」

「強い人でも寂しくなることはあります」

「それが、なんだって……」

「わたしはあなたのために存在します」

　いつの間にか、気圧(けお)されているのはジュウの方に代わっていた。

　いや、最初からそうだったのかもしれない。

　雨はいつだって毅然(きぜん)としていて、ジュウの心を見透(みす)かしたかのように言うのだ。

　妙なことを、平然と言うのだ。

「わたしがいる限り、あなたに寂しい思いはさせません」

「……何だよ？　おまえを頼れとか、そう言いたいのか？」

「わたしはあなたのために存在します」

　こいつの思い込みは異常だ。

　狂ってると言ってもいい。

電波女のくせに、この俺に説教くれようってのかよ。

心の中で悪態をついてはみたが、それらは口には出なかった。

どうしてだかはわからない。

ふてくされた子供のようで格好悪い、と思ったからかもしれない。

こんな小柄な少女に見上げられながら、何一つ満足に言い返せない自分が情けなかった。

ジュウが視線を逸らしたのを見て、雨はペコリと頭を下げた。扉を開くと、途端に激しい雨音と湿気が室内にまで入り込んできた。

そこへと踏み出す堕花雨。

彼女が袋から取り出した折り畳み式の傘は、強い風が吹けば折れてしまいそうに見えた。

「……待て」

静かに出ていこうとするその背中を、ジュウは呼び止めていた。

ゆっくりと振り返る雨をそのままにして、ジュウは洗面所に向かった。

バスタオルを一枚取って玄関に戻り、少し考えてから、雨を手招きした。

「こっちに来い」

「はい」

不思議そうにしながらも、それに従う雨。

ジュウはバスタオルを広げ、雨の頭を拭いた。

「ジュウ様がそんなことをなさらずとも……」

「いいから、しばらくじっとしとけ」

他人の濡れた頭を拭いてやるなど初めての経験だったが、やってみるとそれほど嫌なものではなかった。

どうしてこんなことをしたのか、自分でも上手く説明できないが、とにかくしたかったのだ。

これは自分なりの反撃なのだろう、きっと。

こいつに対して迷惑以外の感情などはない、あり得ない。

「前に俺の家に来たときも、おまえはずぶ濡れだったな、今日は、傘を使って来たんだろ?」

「はい、途中までは」

工事用の足場を登るときは、さすがに両手が空いている必要がある。

雨が降りしきる深夜、彼女はそこを登ってきたのだ。

「アホか。風邪ひくぞ」

「体は丈夫な方です。水も好きですし、泳ぎも得意です」

相変わらずの調子に、ジュウは笑いたくなった。

こいつは名前が名前なので、水と縁があるのかもしれない。

雨の髪は長いため少し手間取ったが、しばらくするとそれなりに水分は取れた。ついでに顔も拭いてやろうと思い、彼女と面と向かうと、そこには珍しい表情が浮かんでいた。

困惑と羞恥。

視線は伏せられ、ほんの僅(わず)かだけ、頬(ほほ)が赤らんでいるように見えた。

この展開は、彼女にとって少し予想外だったらしい。

「六月とはいえ、濡れたままじゃ寒いからな」

これでよし、と雨の頭を軽く叩く。

そうしてみて初めて気づいたが、雨の頭の位置はそうすることに適していた。

ジュウにとって、頭を叩いたり撫(な)でたりするのに最適の位置。だからといって撫でるわけにもいかず、ジュウは下駄箱(げたばこ)を開けて傘を一本取り出し、わざと素っ気なく差し出した。

「使え」

「いえ、わたしも持参していますので……」

「強度が違う。うちのは頑丈(がんじょう)なんだ。そういうの、うちのお袋が好きでな」

「では、お借りします」

雨は傘を受け取って一礼。

「夜分遅くに失礼しました」

「まったくだ。失礼だよおまえは。今度からは、ちゃんと正面から来い」

「はい、そうします」

それでは、ともう一度頭を下げ、雨は出ていった。

ジュウは玄関の扉を少し開け、彼女がエレベーターに乗る様子を見た。

その姿が消えてから、ようやく自分の部屋へと戻った。窓から外を覗(のぞ)き、不安定そうな工事の足場を見て呆（あき）れた。それから布団に入ると、すぐに眠りに落ちた。

疲れてたからか、それとも少し楽になったからか。

深く考えずに、ジュウは眠れた。


「あ、あーっ！」

学校での昼休み、ジュウの持ってきた昼食を指差しながら、美夜は妙な声を上げた。

「何だよ、そのあーってのは？」

「だってそれ、男弁当じゃないよね？」

「見ればわかるだろ」

いつもはおにぎり数個を適当にアルミホイルで包んで持ってくるのだが、今日はちゃんとした弁当箱であった。

「……そっかー。堕花さん、すごいなあ」

「はっ？」

「乙女心（おとめごころ）全開だね」

「乙女心？」

「ジュウ君。少しくらい失敗してても、ちゃんと『美味（おい）しかった。ありがとう』って言ってあげなきゃダメだよ?」

「何の話だ?」

どうも美夜は誤解しているようだった。

「えっ? それ、堕花さんが作ったお弁当じゃないの?」

「違う。これは……」

そこで少し言い淀んだが、隠すことでもないのでジュウは続けて言った。

「……うちのお袋が作ったもんだ」

「ジュウ君のお母さん?」

「ああ」

頷く顔は、どうしても苦々しいものになってしまう。

今朝起きてみると、ジュウの部屋の机の上にこの弁当が置いてあったのだ。貼り紙も一枚。そこには真っ赤なキスマークと、「母より」とだけ毛筆で書かれていた。母はジュウが寝ている間に帰宅し、台所で弁当を作ったようだった。何か言いたくともすでに家の中に姿はなく、弁当を作るためだけに一度戻ってきたらしい。

相変わらず、よくわからない人だった。

普段は傍若無人のくせに、突発的に、思いつきで母親っぽいことをする人なのだ。

こんな弁当捨ててやろうか、と一瞬だけ考えたが、結局は鞄に詰めて持ってきてしまった。

こういうふうに、たまに、不意打ちのように優しい母に腹が立つ。それを期待している自分にも腹が立つ。内心、嬉しいと感じている自分にも腹が立つ。母の作った料理が大好きな自分にも腹が立つ。

折り合いのつかない感情が山盛り。親子ってのは面倒くさい。

美夜はまだ納得してない様子だったが、ジュウは気にせず弁当を食べ始めた。

カボチャの煮付けがやたら美味い。

愛情の有無と味の善し悪しは無関係だ、きっと。

「ふーん。じゃあ、堕花さんが作ったんじゃなかったんだ……」

自分も弁当を食べ始めながら、美夜が言う。

「当たり前だろ。だいたい、どうしてあいつが俺に弁当を作ると思う？」

「だって、ジュウ君と堕花さん、つき合ってるんでしょ？」

「……俺と、あいつが？」

大変な誤解だった。

即刻訂正するべく、ジュウは思い切り首を横に振りながら力説した。

「そんなわけあるか！」

「ホントに？」

「未来永劫あり得ない話だ。そんな事は起こらない。起こるわけがない。世界の摂理に反してる。神への冒瀆だ」

「そこまで言われると、逆にウソっぽいよ……」

「ない」

ジュウがもう一度否定すると、美夜は何故かホッとした顔をして、嬉しそうに笑った。

そして意気揚々とジュウの前の席に陣取り、自分の弁当を広げた。クラスの四分の三は学食派なので、空席は結構多いのだ。勝手に自分の席に座られることに怒る者もいるが、そこはクラスの人気者、紗月美夜。彼女に抗議する者などいなかった。

むしろ、喜んで明け渡すことだろう。

「じゃあさ、これからも、たまにはこうしてジュウ君とお昼を食べてもOK?」

「その唐揚げを一個くれたら考える」

「お食べくださいませ」

自分のお弁当を捧げるように持ち、美夜はジュウに差し出した。

ジュウは唐揚げを指でつまみ上げ、口に放り込んだ。

なかなか美味い、という言葉は呑み込み、代わりに言う。

「おまえ、自分で弁当作ってるんだよな?」

「見ればわかるよ。ほら、メイドバイ美夜って書いてあるし」

「書いてねえよ」

そういえば、とジュウは思い出した。

「……雨の奴は、料理が苦手だとか言ってたな。だから、あいつが弁当を作るなんて無理だ」

「そんなパーソナル情報をもうゲットしてるんだ……」

「訊けば何でも答えるぞ、あいつ」

「それは、ジュウ君だからだよ」

「俺だから?」

「あれからちょっと気になって周りの人に訊いてみたんだけどね。堕花さんて、すっごい秘密主義なんだって。同じクラスの人でも、趣味も家族構成も何処に住んでるのかも知らないんだってさ。尋ねても教えてくれないらしいよ」

「それは……」

そんなに意外な話ではなかった。

ジュウが最初に抱いていた堕花雨に対する印象も、そういう閉鎖的な人格だったからだ。

だが実際は、閉鎖的というより迷宮的。

迷いはするが、出口がないわけではない、と思う。

それとも、ジュウに対してのみ、ガイドつきで道案内をしてくれてるのだろうか。

「ジュウ君、堕花さんと仲いいもんね」

「さあな」

「どうやって仲良くなったの?」

「さあな」

どちらも、あまり答えたくない質問だったので、ジュウははぐらかした。

美夜はしばらくムーッと口を結んで軽く睨んでいたが、すぐに諦めたようだった。

こちらが拒否すれば深入りしてこないところは、雨とよく似ている。

ジュウにとってはつき合いやすい人間だ。

「あ、そういえば、藤嶋さんが驚いてたよ」

「何を?」

「堕花さんが進学クラスの人だって聞いて」

「まあ、その驚きは同感なんだがな……」

ちらりと視線を向けると、藤嶋香奈子は自分の席に座り、黙々と小説を読みながら弁当を食べているところだった。食事は一人で、というのが彼女の主義らしく、この時間はいつも一人だ。常識人である彼女からすれば、電波系の堕花雨が自分より学力優秀という現実は、なかなか受け入れがたいものだろう。

雨に何度となく「あの男とはつき合わない方がいい」と説教していたくせに、最近では教室にやって来ても半ば黙認状態なのは、そうした心情を表しているのかもしれない。

それでも、何かあれば「ちょっと柔沢!」、と相変わらず苦情を言ってくるのだが。

「堕花さんと藤嶋さんて、相性よくないのかもね」

「どっちも真面目だが、方向性が逆だからな」

「逆?」

「リアリストとロマンチストっていうか、まあそんな感じだ」

何度となく会話しているにも拘わらず、美夜は雨のことをそれほど異常とは思っていないらしく、未だにちょっと変わった子という程度の認識でしかないようだった。

そのへんを詳しく説明する気もないので、ジュウとしては言葉を濁すしかない。

「おまえ、他人の人間関係にばっか興味を持ってるようだが、自分はどうなんだ?」

「わたし?」

「恋人とか好きな奴とか、いないのか?」

美夜の人気の理由の一つとして、私生活の乱れのなさがある。男子生徒から頻繁に誘いを受けているだろうに、躾の厳しい家なのか、学校が終わってから遊び歩いているという噂はなかった。彼女はジュウと同じく帰宅部であり、たいていはまっすぐ家に帰っているらしい。

「なんか、ちょっと感動」

「何が?」

「入学以来、初めてジュウ君がわたしに興味を抱いてくれた……」

しみじみと言う美夜の反応を大げさな、と思ったが、たしかに彼女の言うとおりだった。

ジュウは基本的に好奇心に乏しく、他人のことを訊くなどまずない。

なんでこんなことを訊いたのだろう?

簡単な自己分析をしてみると、どうもここ最近はそういうシチュエーションが多かったからではないかと結論。雨と一緒にいることが多かったため、自然と相手に何かを訊くことに慣れてしまっていたらしい。

これは進化か劣化か。

「わたし、紗月美夜には恋人いません。でも好きな人はいます」

宣誓するように片手を上げ、美夜は言った。

「告白とかしないのか？　おまえなら楽勝だろ」

「恋に楽勝なんかないんです。良くても辛勝、それが恋」

「よくわからんが、好きな奴がいるなら、俺なんかと飯喰ってる場合じゃないと思うがな」

「それがそうでもなかったりするのよね」

そう言って、美夜はいつの間にかジュウの弁当から取り上げたタクアンをポリポリと囓った。

こいつも、雨とは別の意味でわけのわからん奴だ、とジュウは思う。

それがマイナスの印象に繋がらないのは、彼女の人徳だろうか。

「ジュウ君、友達はいいもんだよ」

「唐突に何言ってる」

「一緒にいると楽しいよ」

「俺は一人が好きだ」

「それが可愛い女の子なら、楽しさは当社比二百％アップだよ」

「だから、俺は一人が好きだ」

「自分が好き？」

「それは……おまえに言う必要ないだろ」

「わたしは、どっちかっていうと自分が嫌い。だから、誰かと一緒にいたいんだよ」

それは、紗月美夜にしては意外な発言だった。

明朗快活な性格で誰からも好かれているのに、彼女はそんな自分が嫌いだという。

ジュウは箸を弁当箱の上に置き、美夜と目を合わせた。会話をする際、ジュウはまず相手と目を合わせない。目は口ほどにものを言う。口で話しているのに、さらに目でも意志を伝えるなんて情報過多だと思うからだ。

でも、ややオーバーな方がいいときもある。

「俺が見てきた人間の中じゃ、おまえは随分とましな奴だ。少なくとも、この俺よりはずっといい。おまえはいい人間だ。そう思う」

「……ありがと」

美夜はニッコリと笑った。

気のせいか、それはいつもの笑顔と少し違って見えた。

どことなく控えめな笑顔。

「あのね、わたしが見てきた人間の中でも、ジュウ君はかなりいい人間だよ」

「お世辞はいらん」

「そういうところがステキ」

明け透けなようでいて、美夜はどうにも本心が掴みにくかった。

堕花雨もそうだ。

それとも、女はみんなこうなのか。

「ねえ、ジュウ君。今度デートしようか？」

「勝手にやってろ」

「一人じゃデートにならないよ」

「俺を巻き込むな」

「じゃあ、わたしを巻き込んで」

こうして軽口を叩き合う心地よさは何だろう。

雨との間にも、いつかこういう空気が生まれるのだろうか。

あいつは、俺が寂しいと言いやがった。

バカにしやがって。

怒りの矛先を、ジュウは美夜の弁当に向けた。

「ああ！　それ、最後にとっておいたシューマイなのに……」

「うるせえ」

そう言われても苦笑するだけの美夜は、いったいどういう心境なのだろう？

考えてみたが、ジュウにはよくわからなかった。

それでいいと思う。

所詮、男に女心などわかろうはずもないのだ。別にわかりたくもない。

シューマイを呑み込みながら、ジュウはそう思った。

放課後の帰り道、相変わらずジュウの隣には堕花雨がいた。

ジュウの方としてはやや気まずく、できれば彼女と距離を取りたい気分なのだが、向こうはまったく変わりなく接してきた。自分はわりと考えなしな方だとジュウは思っていたが、雨の方がさらに上をいくのか、それとも考えた末に彼女はそうしているのか、そのへんもさっぱりわからない。仮にそれを尋ねれば素直に答えるであろう彼女の心境も、さっぱりだった。

だいたい、深夜の自宅に侵入され、さらに寝ているすぐ側にまで来られたということは、ほとんど生殺与奪(せいさつよだつ)の権利を握られたに等しいのではないか。

少なくともあの晩はそうだった。冷静になってみるとかなり怖いどころか、警察に通報してもおかしくないところだ。彼女の妄想で殺されていた可能性すらあったのだから。

手に包丁を持ち、雨がわけのわからないセリフをつぶやきながら近寄ってくる姿を、ジュウは簡単に想像できた。

やっぱり、早いうちに縁を切るべきかな……。

そうは思うのだが、いざ実行するとなると方法が見つからなかった。冷たい態度を取ったところで彼女は堪えないし、だからといって理不尽(りふじん)な暴力を振るうという選択肢(し)は、ジュウとしては絶対に選べない。

側にいていいと、一度は許してしまったのだから。

今さらどうすればいいのか。

以前に彼女は、自分が邪魔になったらいつでも捨ててくれ、と言っていた。だから、ジュウが気に病む必要などないはずなのだが、何故かそれを口にするのはためらいがあった。

まるで、自分が何かを試されているような気がして。

地下鉄に続く階段を降りてホームに出ると、空調があまり効いていないらしく、生暖かい空気が溜まっていた。外の暑気で汗ばんでいた肌の不快感がさらに増し、ジュウはハンカチを取り出そうとしたが、ポケットには財布しか入っていなかった。舌打ちしながら制服の胸の辺りをつまんで風を送っていると、横からハンカチののった手が差し出された。

白いレースのハンカチは、見るからに女物。

「ジュウ様、よろしければどうぞ」

「いらん」

特に落胆した様子もなく、雨はハンカチを引っ込めた。

うっとうしい前髪はいつもどおりだが、その表情は涼しげだった。夏服の袖から伸びた色白の細い腕も、汗をかいているようには見えない。口元はきりっと結ばれ、本当に呼吸をしているのかと疑いたくなるくらい、彼女は常に平然としている。

彼女のそうした姿は、どことなく人形を連想させた。その足元からは糸が流れ、誰かが背後で操っていてもおかしくはない。

それとも、魂が宿った人形の方が適当だろうか。

「おまえ、暑くないの？」

「それほどには」

「夏は好きか？」

「季節に好き嫌いはありません」

毎度のことだが、こういった普通の会話が続かない子だった。

電車に乗ると、中は冷房が効いていてそれなりに快適。学生が多いのでうるさいことを除けば、悪くなかった。ジュウは扉の脇に立ち、雨はそのすぐ側に来た。

見えないバリアーがあるかのように、二人の周囲に他の学生が近寄らないのは、おそらく気のせいではあるまい。柔沢ジュウは、不良としてそれなりに認知されている。髪の色を黒く染め直してからも、周りの態度に変化はなかった。

新聞の中吊り広告に目をやると、くだらない芸能関係のニュースに混じって、ストーカー特集などが載っていた。

芸能人が語る、ストーカーに追われた経験談。

この女も、ある種のストーカーなんだよな……。

そう思いながら、ジュウは別の中吊り広告に目を移した。雨は無言で立っているだけなので、気にすることもない。彼女の方から話題をふってくることは、今まで一度もなかった。こうしている間、彼女が何を考えているのか、興味もなくはないのだが。

週刊誌の見出しの中に、連続通り魔事件に関するものがあることに気づいた。今では六番手くらいにニュースの順位は落ちているが、まだ続いている通り魔殺人。犯人は異常者だというのがもっぱらの通説で、その手の心理分析を得意とする学者などがテレビにも頻繁に登場していた。心理分析とは、それを信じる者の間でのみ通用するルール、という話を、ジュウはどこかで聞いたことがあった。

ゴシップ誌の三文記事だったと思うが、ジュウはその意見にわりと賛成な方だった。数学ほど確固とした方程式がないのが人間の精神だと思うし、そう思いたい。こうすれば必ずこうなる、とは限らないのではないか。

それは多分、誰かに自分を分析されるのは嫌だという気持ちから来ているのだろう。

「この犯人て、どんな奴だと思う？」

暇(ひま)つぶしのつもりで、ジュウは中吊りの記事を指さしながら、雨に訊いてみた。

雨はそれをしばらく眺めてから、申し訳なさそうに言った。

「あまりたいしたことは言えないと思いますが……」

「いや、別にマジな話じゃなくて、世間話のノリで訊いてるだけだよ。おまえからは、こういう事件はどう見えるのかと思ってな」

「酷い事件だと思います」

「それはそうだ。理由もなく殺されたんじゃ、死んでも死にきれねぇ」

「理由は、あると思います」

「えっ？　殺された人たちに、殺されるだけの理由があるってのか？」

「すみません、言葉が足りませんでした。理由があるというのは、犯人の側にです」

「……殺す理由があると？」

「はい」

「あのな、まあ、テレビを見ればわかる話なんだが、これは無差別殺人なんだよ。犯行場所はそれなりに限られてるらしいけど、被害者の性別も年齢もバラバラで、どう考えても適当に選んでるとしか思えねえんだ。俺が思うに、どっかのバカが腹いせに殺してるんだろ。最近、そういう異常者が増えてるって話だし。だから、犯人に殺す理由なんかないんだ。全部適当だよ、適当」

　ジュウの言葉を吟味するようにしばらく黙ってから、雨は静かに答えた。

「人を殺すというのは大変な重労働です。思いつきで何度もやるには、リスクが大き過ぎる」

「だから、犯人は何にも考えてねえんだって……」

「被害者は、いずれも殺されているんですよね？」

「ああ、みんな死んでる」

「だとすると、やはり何か理由があるのだと思います」

「腹いせだろ？　理由もなく怒ったりして、その怒りを他人にぶつけちまうってやつだ」

「理由もなく怒ることなど、ありません」

「そうか？　よくあるだろ」

「どんな理不尽なものであれ、何かしらの理由はあるものです。怒りという感情は、相当に疲れますから。理由もなく怒るのは無理ですよ」

それはそうかも、と一瞬納得しかけたが、ジュウはすぐさま思い直した。

ダメだ、こいつに説得されてどうする。

屁理屈と承知しつつ、ジュウは言った。

「でも、ほら、俳優とかは余裕でやるじゃねえか、怒りの感情表現」

「たしかに、訓練によっても表現は可能です。それでも疲れることに変わりはない。例えば、泣くという感情表現を一時間も続ければ、かなりの体力を消耗します。笑うのも同様です。怒るのも、やはり同様。とても疲れます。もしジュウ様の指摘したとおりだとすれば、犯人は理由もなく怒り、基準もなく被害者を選んで殺す、という行為を何度も繰り返していることになりますが、これは犯人の側にとっても大変な負担でしょう。警察に追われることを考えれば、蓄積されるストレスは計り知れません」

「……だから、何か理由があるってか？」

「おそらくは、殺人をストレスと感じないような何かが」

「犯人が異常者でも？」

「異常は異常なりにルールがあるものです。完全な支離滅裂など、そうはありません」

「じゃあ、おまえが考える犯人像は？」

「何かしらの使命感を持った人間、でしょうか」

「人を何人も殺したくなるような使命感て、どんなんだよ?」

「さあ、それは何とも……」

あまりいい加減なことを言いたくないのか、雨は言葉を濁した。

ジュウは雨から視線を逸らし、窓の外に向けた。地下鉄なので、当然ながら真っ暗だった。嫌な閉塞感がまとわりつく。視覚情報が遮断される代わりに、いろいろと考えてしまう。

いつもながら、雨の言い分にはそれなりに説得力があるような気がした。

異常者は異常者を知る、ということだろうか。

同じ異常者同士、共感する部分でもあるのかもしれない。

犯人が何かしらのルールに基づいて活動してる、という意見は間違ってないように思えた。見るからに危険な人間ではなく、この堕花雨のように、一見すると正常で、だがたまに突飛な行動を平気で、自分の中ではそれを常識的なものとして行う人間。それがこの事件の犯人、なのか。

……そんなもん、要するに見ただけじゃわからないってことじゃねえか。

無駄な会話だったな。

窓ガラスに反射した雨の姿を見ると、電車がカーブを曲がる遠心力に耐えるために手すりに摑まるところだった。彼女は背が低いので、吊革に手を伸ばすのは少し厳しいのだろう。

例えば、こいつがこの事件の犯人だったりしてな。

そうなると、自分は次の獲物なのか。

それとも、一連の殺人と自分への忠誠心とやらは別物なのか。

女殺人鬼を従える不良高校生か……。

ジュウは自嘲気味に笑みを浮かべた。

まあまあのブラックジョークだ。

少しでも笑えたことで、ジュウは良しとすることにした。


何がきっかけで彼がそういうことを言い出したのか、今となっては彼女も覚えていない。

ちゃんとした理由があったのかもしれないし、そんなものなかったのかもしれない。

自然に壊れていったんじゃないか、と彼女は思う。

人間は、生まれたときが完成体で、年を経るにつれて劣化していく。

成長などと言って誤魔化しているが、最後に待っているのが死なら、それは成長ではない。

やはり壊れていくだけなのだ。

世界に心身をすり減らされ、何もかもダメになる。

「僕には、使命があるんだ」

彼が真顔でそう言い出したとき、彼女は自分の考えが正しいことを確信した。

かつてはあんなに聡明に思えた彼が、今ではこうだ。

彼が得々と語る話の内容に寒気を覚えたが、余計な口は挟まなかった。
彼は自分の行動を邪魔されることを何より嫌う。
話は二時間にも及んだ。
要するに、長々とした言い訳なのだとわかった。
彼女はそろそろ家に帰ろうと思い、彼に結論を話すように促した。
「それで、結局のところ何をしてきたんですか?」
「うん、だから、使命を果たしてきたんだ。許せないからね」
興奮気味の口調からして、彼は何かに怒っているようだった。
彼女が全てを理解したのは次の日のニュースを見たとき。
彼の犯した行為を知り、恐怖よりも快感を覚えた自分に、彼女は身震いした。
ああ、これは無限地獄。
死ななければ行けない場所に、わたしは生きながらにして居る。
なんてステキな……。

第3章　柔沢紅香という女

学校から帰宅したジュウは、玄関に女物の靴を見つけて気が滅入った。

珍しく、帰ってるのか……。

わざと大きな足音を立てて部屋に上がり、途中で鞄を投げ捨てた。

目指すはあの部屋、普段はろくに開けもしない部屋だ。

乱暴に扉を開くと、案の定、そこには彼女がいた。

「おい」

「よう」

ジュウの呼びかけに振り返りもせずにそう答え、彼女は洋服ダンスで何かを探していた。

ベッドの上にはすでに何着かの服が並べられ、化粧台の上にもいくつかのアクセサリー。

ジュウは部屋の入り口でしばらく待ってみたが、彼女は一向にこちらを見ようともしなかった。

相変わらずのそうした態度に、弁当の礼くらい言ってやろうか、という素直な気持ちもすぐに消えた。仕方なく、舌打ちしながらジュウは部屋の中に入った。

「てめえ、こっち向けよ！」

強引に振り向かせようとその肩に手をかけて引いた瞬間、ジュウはバランスを崩していた。ジュウの腕力に逆らわず、むしろそれに自分の力を乗せるようにして、振り向きざま、彼女に殴られた。彼女の肘の先が頬にめり込み、口の中が切れたのがわかった。ジュウは怯まず、お返しとばかりに彼女の顔を目がけて右の拳を放ったが、それは空を切り、逆に低い体勢から彼女の強烈な肘打ちを鳩尾に喰らってしまった。よろけはしたが、ジュウはこれも何とか耐えた。

「乱暴だな。驚かすなよ」

少しも驚いたようには見えない様子で、彼女はそう言った。

……そうだ、忘れていた。

痛む鳩尾を手でさすりながら、ジュウは思い出す。

こういう奴だったんだ、俺の母親は、柔沢紅香という女は。

一般的な意味の虐待とは違う次元で、彼女は自分の子供に平気で暴力を振るうのだ。

別に機嫌が悪いからではなく、これが普通。

彼女ほど苛烈な人間を、ジュウは他に知らない。

紅香は見事なプロポーションを誇示するように、ワインレッドのスーツに身を包んでいた。

共に歩けば姉と間違われそうなほど若々しい容姿は、とても高校生の子供を持つ母親には見えないだろう。ふてぶてしいその態度からは、久しぶりに会った息子に対する愛情など欠片も見つけられなかった。

「ん？　おまえ、なんだその髪は？　金髪はどうした？　反骨精神は失せたのか？」

小馬鹿にしたように、紅香は笑う。

なまじ美人であるだけに、そうした仕種はジュウの癇に障った。

紅香は目を細めると、侮蔑を込めて言った。

「くだらない、しょうもない、つまらない、相変わらずそういう奴だ、おまえは」

「うるせえ！」

怒鳴ると同時に彼女の胸ぐらを摑み、ジュウは拳を振り上げた。手加減はしない。この女にそんなものは無用だということは、幼い頃から嫌というほど思い知らされている。

紅香は表情一つ変えず、ペッと唾を吐きかけた。それが片目に入り、ジュウは僅かに怯む。その隙に、彼女は胸ぐらを摑んだジュウの腕を握って軽くひねり、関節を極めた。骨を砕かれそうな威力に、ジュウはたまらず床に膝をついた。だがそこで、彼女はあっさり手を放した。

即座に立ち上がろうとしたジュウの顎に、横殴りの鋭い衝撃が走り抜けた。それが、紅香の手に握られたガラス製の灰皿だとわかる前に、さらにもう一撃。今度は膝で、顎を蹴り上げられた。床に仰向けに倒れたジュウの腹を、紅香は無表情のままで容赦なく踏みつける。

「ぐはっ！」

踵で思い切り腹部を踏まれ、目眩がしそうな痛みが脳を突き抜けた。

逆流してきた胃の内容物を吐き出しながら、ジュウは手で腹を押さえて震えた。

「おまえ、汚いな。ちゃんと掃除しておけよ」

冷淡そのものの口調でそう言うと、戦意を喪失したジュウにはもう興味がないのか、紅香は再びタンスを漁り始めた。

痛みに震えながら、ジュウはその背中を憎々しげに見つめる。

昔からこうだった。

ジュウは、ケンカで負けた経験がない。

いつも楽勝というわけではなかったが、それでも負けたことはない。

ただし、それは彼女以外の相手に限られた。格闘技を使う相手や、鉄パイプを振るうような相手とも何度もケンカしたことがあるし、ジュウはそれらに勝利してきたにも拘わらず、何故だか彼女には勝てなかった。人間としての存在感で負けているような、そんな感覚がある。

感謝する気などまったくないが、紅香とのこうしたやり取りの積み重ねが、ジュウが自然と打たれ強くなった理由の一つではあった。

「ああ、念のために言っておくが、息子が心配で見に帰って来たとか、そういう泣ける話じゃないから安心しろ」

手を止めず、そして振り返らずに彼女は言った。

「必要なものがあったから、ちょっと取りに戻っただけだ」

ジュウは必死に呼吸を整え、自分の吐いた汚物の上に手をついた。

普段なら躊躇するところだが、今は気にしている場合ではない。

こいつには、この女には、いろいろと言ってやりたいことがあるのだ。返事など返ってこないと知っていても、言わずにはいられない。

「……おい、クソババア」

「もう回復したか。一応とはいえ、わたしの血を引いてるだけあるな。しかしだ……」

いきなり飛んできた灰皿を、ジュウはかろうじて叩き落とした。だが、次に来た蹴りには反応もできなかった。再び顎を蹴り上げられ、その衝撃に耐えようとしたジュウは、汚物に足を滑らせ、不様に転んだ。そのタイミングに合わせて、紅香はジュウの腹をまた踏みつけた。

こみ上げてきた胃液がジュウの喉を焼き、口から溢れて床にこぼれた。

自然と涙が滲んできた。

それを隠すために、ジュウは慌てて紅香から顔を背けた。

「わたしはクソでもババアでもないよ、クソガキ」

苦しげに呻くジュウの耳を摑み、紅香は強引に自分の方へと顔を向けさせた。

「おまえは本当に、本当にダメな奴だな。おまえみたいな奴は、適当に女を見つけて、適当に結婚して、適当にガキを作って、適当に老いて死んでいけ。いいな、ジュウ?」

何か言い返そうと開いたジュウの口の中に、紅香は指を突っ込んだ。

舌を摑み、軽く引っ張る。

その激痛に目を剝き、震えるジュウを、紅香は冷ややかに見つめた。

「元気なのは結構だが、身の程はわきまえろ。子供が親に勝つなんざ、一生無理。無理なんだよ、無理なんだ、おまえには無理。ジュウ、おまえには無理だ」

まるで呪いの言葉だった。

紅香は、こうやって子供の頃からジュウに精神的な重圧を加えてきた。それに屈してきてしまったのが悲しい現実だ。ジュウは、母親である彼女と何かを争って勝ったことが一度もない。単純な口論でも、実力行使でも、とにかく勝ったことがない。

息子が何も言い返せないのをよく知る母は、満足そうに手を放した。

汚れた指先をジュウの学生服で拭う。

「探し物は見つけた。わたしは帰る。部屋、ちゃんと掃除しておけよ」

そう言い残して去る彼女の背中を、ジュウは直視することができなかった。

またかよ……。

もう何度目になるかわからない、この感覚。自分の不甲斐なさに歯嚙みしながら、ジュウは体を起こした。情けなさに泣きたくなる。

そのとき、家のチャイムが鳴った。

紅香が押したのかと一瞬思ったが、彼女はそういう無意味なイタズラはしない。やるなら、もっと効果的なことをするだろう。

では、誰か来たのか？

思い当たる人間は………いた。

体の痛みを堪え、ジュウはよろけながらも玄関へと向かった。

柔沢家の玄関では、三人の女が邂逅を果たしていた。

扉を開け放ち、立ちふさがるように腕を組む柔沢紅香。

その異様な雰囲気を感じながら、廊下で立ちつくす紗月美夜と堕花雨。

紅香は露骨にじろじろと、二人の少女を観察した。それは品定めというよりも、むしろ獲物を吟味する狩人のような視線だった。その視線に絡め取られたように美夜は硬直し、冷や汗を流したが、隣にいる雨の方は平然としていた。それが外面だけのもので心中は違うのか、それとも本当に度胸があるのか、美夜には判断できない。

「……ほう、妙な女を捕まえたものだ。いや、捕まえられたのかな」

それはどちらの少女を指したものか、それとも両方か。

紅香は面白そうに何度か頷いてから、笑顔を浮かべた。

「少し話をしたいところだが、あいにくと急いでいてね。今日は失礼する」

「おい、ババア！」

三人の視線が向かった先には、壁に手をつきながら立つジュウの姿。

ジュウのその有様に、美夜は目の前の女性を強盗か何かと勘違いした。

「あ、あの、あなたは誰なんですか！　ジュウ君に何をしたんですか！」

鞄を盾にしながら睨んでくる美夜に、紅香は優しく微笑みかけた。

「ちょっと待て」

「えっ？」

紅香はその場でクルリと回転し、すぐ背後まで近づいていたジュウに裏拳を放った。

咄嗟に腕で防いだものの、ジュウはその衝撃を殺しきれず、壁に叩きつけられた。

とても女とは思えない腕力。

ただの腕相撲でさえも、ジュウは紅香に勝ったことがないのだ。

「懲りない奴だな！」

さらなる追撃を仕掛けようとジュウに伸ばした手を、紅香は途中で引っ込めた。

一瞬後、その空間を貫くようにして飛んでいく一つの学生鞄。

紅香は鞄の投げた人物に視線を滑らせた。

「おまえ、何の真似だ？」

その問いと視線を受けるのは、堕花雨。

「ジュウ様から離れなさい」

「ジュウ……さま、だと？　どういう意味の『様』だ、それ？」

「こちらは三人そちらは一人。三対一です」

「おい、質問に……」

「紗月さん、あなた何か武器は？」

いきなり言われた美夜は、首を横に振った。

「コンパスくらいあるでしょう。それでいいです。使いなさい」

「おい、おまえ！　わたしの質問に答えろ！」

苛立つ紅香の怒声にも動じず、雨は続けて美夜に言った。

「刺すのは胸から下にしてください。致命傷は、わたしが与えますから」

「おまえ、いい加減に……！」

「あなた、名前は？」

「柔沢紅香だ！」

「わたしは堕花雨と申します」

それが宣戦布告だったのか、雨は玄関の脇に立てかけてあった傘を手に取った。

それを槍のようにして持ち、金属製の先端部を紅香に向けて構える。

その横で、事態を呑み込めてない美夜はあたふたと鞄の中を漁っていた。

コンパスを出すべきか、それとも携帯電話で警察を呼ぶべきか。

しかし、よく考えてみれば選択肢は二つではない。

目の前の女性は言った。

自分の名前は柔沢紅香だと。

それってつまり……。

美夜がその推測を口に出す前に、雨が一歩前に進んだ。

威嚇（いかく）ではなく、本気の殺意をみなぎらせた少女の姿に、紅香の顔を困惑（こんわく）がかすめた。

「……おい、ジュウ。何だこの娘は？　初対面の相手を殺す覚悟を、こんな短時間でできてしまうこの娘は、いったい何だ？」

答えは、ジュウの笑い声だった。

腹の痛みで大声は出ないが、ジュウは可能な限り声を出して笑った。

さすがのこの母も、電波系の少女が相手では調子が狂うらしい。

それが、少しだけ愉快（ゆかい）だった。

「もういい、やめとけ」

ジュウがそう言って視線を送ると、雨は素直に退（ひ）いた。

それでも傘は手放さず、直立不動。

紅香は片眉（まゆ）を上げ、雨に詰め寄ろうとしたが、二人の間に美夜がすっと割り込んだ。

「えーと、あの、ジュウ君のお姉さんですか？　もしくは親類の方？」

「……おまえは？」

「わたしは紗月美夜っていいます。ジュウ君のクラスメイトです。それで、こっちの子も同じ学校の友達なんですけど……」

と雨に目を向け、何でもいいから早く謝った方がいいよ、と美夜は小声で言ったが、雨は聞こえなかったふりをした。

何を恐れるものかと、澄（す）ました顔で堂々と立つのみ。

傘を剣に見立てたような立ち方にどういう意味があるのか、ジュウだけは知っている。騎士を気取っているつもりなのだ、このちびの少女は。

「……ふん、まあいい」

理解し難い雨の態度に毒気を抜かれたのか、紅香は不満そうにしながらも靴を履き、玄関に降りた。すらりと伸びた長い足に、赤いハイヒールがよく似合う。

目鼻立ちのハッキリした美貌といい、モデルさんだろうか、と美夜は思った。

「では、またそのうちな。そこの二人も、いずれ」

ジュウ、美夜、雨の順で視線を合わせてそう告げると、紅香は扉を開けて廊下に出た。

彼女に言いたいことはあったが、ジュウは二人がいるので我慢した。

これ以上恥をさらすつもりはない。

美夜は、あーうー、と混乱していたが、雨は冷静に、閉まろうとする扉を止めた。

そのまま押し開き、エレベーターに向かって歩く紅香の背に問いかける。

「あなたはジュウ様の味方ですか？　それとも敵ですか？」

「わたしは母だ！」

怒鳴るような返事を残して、紅香はエレベーターに乗った。

その様子をしばらく眺めてから、雨は玄関の扉を閉めた。

ようやく、室内から緊張感が消えた。

取り敢えず、ジュウは二人の少女に訊かなければならない。

「おまえら、何しに来た?」

　紗月美夜と堕花雨、という組み合わせは意外というほどではないが、珍しくはある。

　お互いに個性が強いので、相性は微妙なところだろう。

「ジュウ君、さっきの人がお母さんなの?」

「そうだ。で、おまえらは何しに来た?」

「美人さんだね。すっごく若く見えるよ」

「実際、若いんだ、あの女は。ここに来た理由を言えよ?」

「何歳くらいなの?」

　ジュウはそれには答えず、隣にいる雨に目をやった。

「何でここに来た?」

「帰宅途中、偶然に紗月さんと会いました。その際、彼女に頼まれたのです」

「一緒に俺の家に行こうって?」

「いえ、ジュウ様の家が何処か教えて欲しい、と頼まれました」

　美夜を横目で軽く睨みつつ、ジュウは続けて訊いた。

「じゃあ、何でおまえも来た?」

「彼女の目的が曖昧でしたので、ジュウ様の身の安全のため、一応同行しました」

「え、ええーっ!　堕花さん、それはちょっとひどいんじゃないかな……」

　美夜は素っ頓狂な声を上げて反論したが、ジュウに睨まれるとたちまち口を閉じた。

そういえば、美夜に家を教えたことはなかったな、とジュウは思い出す。

別に彼女に限ったことではなく、クラスメイトは誰も知らないだろうが。

「どうせあれだろ？　好奇心優先で、特に考えもなくここに来たんだろ？」

「そ、その言い方もひどいと思うな……」

「来訪の理由を明確に述べろ」

「……有り体に言うと、好奇心かもしれないです」

ジュウの呆れた表情を見て、雨が口を挟む。

「やっぱりか……」

「追い返しましょうか？」

「いや、いい」

ここでジュウが頷けば、雨は美夜の腕を摑んで強引に外に連れ出すことだろう。ここまで一緒に来たことなど関係ない。彼女は、ジュウにとって害となる存在を排除することに、何の躊躇もしないのだ。さきほどの紅香との一件でも、それがよくわかった。止めなければ、流血沙汰になっていた可能性もある。

彼女のそうした部分は頼もしいというよりも怖い、とジュウは思う。

気が抜けたところで、汚物で体がベタベタする不快感が蘇った。

口の中も何カ所か切れている。

いろいろ面倒だったが、玄関での立ち話が一番面倒な気がした。

「ま、とにかく上がれ。おまえもな」

帰った方がいいのかな、という顔をしていた美夜にもそう言い置き、ジュウはシャワーを浴びに風呂場へ向かった。


「ジュウ君のお宅はいけーん！」

「無理矢理に明るい空気を作らなくていいから、そのへん座ってろ」

「……はい」

軽くシャワーを浴びていくらかスッキリしたジュウは、二人を居間に案内して座らせた。

居間には、鉄製の足に強化ガラスの板をのせたテーブルと、それを半ば囲むようにして大きなソファが置かれており、美夜と雨はかしこまるようにしてそこに座っていた。

ジュウは母のいた痕跡を消すように、窓を大きく開けて風通しをよくし、部屋の空気を入れ換えた。手伝うと言い出した雨を座らせてから三人分のお茶を淹れ、ジュウはそれぞれの前に置いた。

「サンキュー」

「恐縮です」

「茶菓子はねえぞ」

　ジュウは首からタオルをかけたまま、二人の正面のソファに腰を下ろした。近くの扇風機を微風にセットし、まだ水滴の残る髪を拭きながら言う。

「で、好奇心は満たされたか？」

「風呂上がりのジュウ君、ちょっとセクシー」

「それを飲んだら帰れ」

「わたし、猫舌だから時間がかかるんだよ」

「ウーロン茶に替えてやる」

「氷を入れてね」

「……おまえ、俺が不良だってことわかってるか？」

「わあ、大変だよ、堕花さん。わたしたちこのまま拉致監禁されちゃうんだって」

「しねえよ！」

「だよね。ジュウ君いい人だもん」

　わかってるわかってる、というふうに微笑む美夜。

　こいつもいい性格してるぜ、と思いながら美夜を軽く睨みつけ、ジュウは腰を上げた。

「ジュウ様、わたしがやります」

「座ってろ」

「ですが……」

「ここは俺の家だ。俺がやる」

雨がおとなしく美夜の隣に座り直すのを見てから、ジュウは台所に行き、冷蔵庫から冷えたウーロン茶入りの瓶を取り出した。どうせだから全員分入れよう、と三つのグラスにウーロン茶を注ぎながら、思う。

こうして客を迎えるなんて、えらく久しぶりのことだった。最近こそ堕花雨が二度ほど来ていたが、あれは事故みたいなもの。交友関係の狭いジュウの家に誰かが来ることは、とても珍しい。

正直なところ、ジュウは自分の家に他人が入り込むことを好まず、本当ならすぐにでも追い返したいところだったが、今日は少々事情が違う。あの母を見られ、自分の不様な姿までも見られたのだ。ここで二人を追い返しては、自分の惨めさが増すだけのような気がした。

一応のもてなしは、要するに見栄であろう。今さら取り繕ったところで何が変わるわけでもない。そうわかっていても見栄を張ってしまうのが、人間だ。

男ならプライドを持て。

女は生まれながらに持っているが、男は意識しなければ持てない。

幼い頃、そう自分に教えたのが母だと思い出し、ジュウは舌打ちした。

冷えたウーロン茶を加え、三人は再びテーブルを囲んだが、話はまるで弾まなかった。

三人ともが相手の出方を窺っているような状態であり、視線だけが行き交う。

ウーロン茶を一気に飲み干し、ジュウは空になったグラスを少し乱暴に置いた。

「順番に発言しろ。まず、美夜から」

いきなりの指名に狼狽しながらも、美夜は周囲を見回してから言った。

「ジュウ君の家、広いね。それに綺麗だし」

「そうか。次、おまえ」

目線で促され、雨も口を開いた。

「ジュウ様、お体の具合は？」

「平気だ。次、美夜」

「えっ？　ジュウ君の番じゃないの？」

「俺はいい」

「それはずるい気がする……」

「何もないならお開きにするぞ」

「言います言います！　えっと、ジュウ君のお母さんて、カッコイイね」

「おまえ、減点1」

「な、なに、減点て……？」

「俺の中で紗月美夜の株は急落した」

「減点1でもう急落なの、わたしの株？」

「中小企業だしな」

「資本金は？」

「愛嬌」

「売り物は？」

「しがない友情」

苦笑するジュウを見て、美夜も同じように苦笑した。

「ジュウ君、お母さんと仲悪いの？」

「いいも悪いも、俺が物心ついた頃からずっとあんな感じだからな」

ジュウの持つ最古の記憶は、母に殴られている場面。拳で殴られ、小さな自分の体がその勢いで後ろに飛び、何かにバウンドして前に戻り、もう一度母に殴られた。後ろには、畳んだ布団か何かが置いてあったのだろう。怒られた原因は、まるで覚えていない。

誰かに殴られて鼻血が出たのは、あれが初めてだった。

「……虐待、されてたの？」

「そんな大げさなもんじゃない」

気まずそうな美夜を笑うように、ジュウは明るく言った。

理不尽で一方的、そして陰湿な暴力なら、虐待といえるだろう。しかし母は、そういう人間ではない、とジュウは思う。かなりの部分、理解不能の人格なのはたしかだが、子供を虐めて喜ぶような女ではなかった。

母に遊ばれている、という自覚はある。何をしても自分を認めてはくれず、見下すような発言を繰り返し、とにかく挑発してくる母。それに立ち向かうことができない自分の不甲斐なさが、ジュウの自尊心を傷つけるのだ。母のそうした行動の裏には、我が子に対する愛情が隠されているのではないかと期待してしまう自分の心理も、自尊心を傷つける。己の未熟さを思い知る。

それらは、他人には説明したくないことだった。

「まあ、あれは我が家独特のコミュニケーションとでも思ってくれ」

ジュウがそう言うと、美夜は複雑な表情で視線を落とした。実際に紅香の暴力を目の当たりにした彼女としては、そう簡単に呑み込める話ではないのだろう。

「……お母さんのこと、恨んでる?」

「憎らしいけど、別に恨んじゃいないよ」

「困った人だけど、好きってこと?」

「さあ、そのへんは保留にしてる。多分、一生保留じゃねえかな、あのババアが死ぬまで」

美夜はウーロン茶で喉を潤し、ジュウを正面から見つめて言った。

「ジュウ君。余計なお世話かもしれないけど、そういうことはハッキリさせておいた方がいいよ」

「そういうこと?」

「好きか嫌いか、ということ」

「何で?」

「いざという時に困るから」

「何だよ、その、いざという時ってのは?」

「優先順位が曖昧(あいまい)だと、取捨選択が混乱するってことだよ」

話の意図が摑めずにジュウが黙っていると、美夜はそれにかまわず続けた。

「悩むのはいいんだよ。いくらでも悩めばいい。でも、必ず答えを出さなきゃダメ。答えを、結論を、それをしっかり見つけておかないとダメ。いざという時に何を取り、何を捨てるのか、その判断に困っちゃうよ」

「わたしは、必ずしもそうは思いません」

ジュウへの助け船のつもりか、雨が口を挟んだ。

「ずっと答えが見つからなくても、それはそれでかまわないと思います」

「そんなことないよ。それじゃあ、悩んでる時間が無駄になる」

「悩むこと、それ自体が答えのようなものです」

「違うよ。答えの出せない悩みなんて、何の意味もない」

「答えが出るのは、出せてしまうのは、怖いことでもある。わたしはそう思います」

何が怖いのだろう?

ジュウはそう思ったが、美夜は何も言わなかった。

二人はしばらく無言で見つめ合い、それからお互いに視線を逸(そ)らした。

仲が悪いとかいうのとは別の意味で、この二人の本質は違うようだ。

自分は、二人のうちのどちらに近いのか考えそうになって、ジュウは慌てて思考を止めた。

いつも肝心(かんじん)なところで思考を止めるのは、面倒だから。けれど、雨の言うとおり、本当は答えを出すのが怖いだけなのかもしれなかった。

やがて二人の視線が自分に集まったので、ジュウはわざとらしく咳払いをした。

「悪いが、俺にはよくわからん」

そこで、今日はお開きとなった。

二人を玄関まで送ろうと立ち上がったジュウに、雨が言う。

「よろしければ、お掃除をしますが」

「掃除?」

「雑巾による床拭きが必要でしょう。それは、下僕であるわたしの役目です」

ジュウの制服が汚れていたことから、どこかの部屋で嘔吐したことを見抜かれたらしい。

たしかに、まだその後始末はしていなかった。しかし、自分で吐いたものなので、自分で始末するのが当たり前だろう。ジュウは、誰かにそれをやらせようとは思わなかった。

「いらねえよ。さっさと帰れ」

「それは命令ですか?」

「男の意地だ」

「でしたら、聞けません。これは女の意地です」

ジュウは思わず言葉に詰まってしまい、雨はそれを了解の合図と受け取ったらしい。

僅かに笑みを浮かべ、雨は立ち上がった。

「雑巾はどこに?」

「……洗面所にぶら下がってるから、適当に使え」

「はい」

「あ、ジュウ君、それならわたしも手伝うよ」

「おまえは帰れ」

「女差別だ！」

「意味がわからん」

「じゃあじゃあ、今日の夕飯を作ってあげる」

いつぞや、雨が料理を苦手にしているという話をジュウから聞いたことを思い出したのか、美夜はちらりと雨の方を窺った。まったく動揺した様子のない雨を見て、やるなあ堕花さん、と美夜は何故か闘志を燃やす。

どうでもよくなったジュウは、ため息とともにつぶやいた。

「……好きにしろ」

「好きにする！」

雨は洗面所に、美夜は台所に、それぞれ向かった。

何か手伝おうかとジュウが台所に行くと、冷蔵庫を開けながら美夜が小声で言った。

「そうそう、これ前から訊きたかったんだけど、いい？」

「何だ？」

「ジュウ君、どうして堕花さんからジュウ様って呼ばれてるの？」

投げやりにそう答え、ジュウは雨の方の手伝いに行くことにした。
「知るか」

六月も中旬になると、そろそろ期末テストの準備やら何やらで学校は忙しくなってきていた。成績に関してはもはや諦めの境地に達しているジュウだが、もちろん、他の多くの生徒たちはそうではない。雨と美夜も、それなりに忙しいようだった。特に雨は進学クラスということもあり、ほぼ毎日特別補習授業があった。

ジュウはこれ幸いと、一人で下校できる喜びに浸っていた。喜びというよりも気楽さか。家に帰って窮屈な学生服を脱ぎ、私服に着替えて街へと繰り出す。

ここ最近は、それなりに平穏な毎日が続いてるので、向こうから売ってこない限り喧嘩をする気もない。雨につきまとわれるようになった時は先行き不安だったが、その不安もいつの間にか解消されていた。慣れた、ということだろう。人間は何でも慣れる。それでもやはり、こうして一人で街を歩いていると、一人がいいと思う。誰かが隣にいるのもいいが、やはり一人がいい。女は可愛いけど、可愛いだけで面倒だ。面倒なのは何より嫌いだ。気楽が一番。

道行くカップルたちを横目に見ながら、ジュウはそう思った。

まだ六月だが、もう真夏といってもいい暑さであり、日が落ちるのも随分と遅くなっていた。夕方になっても明るい街は、平日の学校帰りに遊ぶ身としては、なかなかにありがたい。

電車で二十分ほど先にある繁華街に行こうと決め、ジュウは駅に向かった。

買い物帰りの主婦が多い道を避け、裏道を使うことにする。夜に備えてまだ暖簾の出ていない焼鳥屋や居酒屋の並ぶ道は、表通りと比べるとかなり汚いが、その分だけ使用する者も少なかった。いるのは適当に捨てられたゴミに群がる野良犬くらいで、その威嚇に耐えられるならこうした抜け道は便利だ。野良犬の低い唸り声を気にせず、ジュウはその側を素通りして大きな欠伸を洩らした。

そのとき、欠伸の涙が滲んだ視界に何か映り込んだ。

横道から飛び出てきた人影が、ジュウの前で立ち止まった。そして狭い道を塞ぐように、こちらを向いた。気の荒いホームレスでも襲ってきたのかと、ジュウは身構えそうになったが、すぐに思い直した。

相手は、まだ十代と思しき少女だった。私服だが、背格好からして高校生だろうか。女にしては長身で、百七十センチを優に越えている。長い髪をまとめたポニーテール、程よく引き締まった手足、いかにも快活そうな雰囲気を持った少女だ。その顔立ちも、人目を引くような可愛さがある。

しかし、ジュウにはまったく見覚えのない人物だった。

ジュウは一応振り返ってみたが、背後には野良犬が一匹いるだけで、他には誰もいない。

とすると、この少女は自分の前に意図的に登場したのだろうか。

少女は、まだ幼さの残る顔でジュウを睨みつけた。

「あんたは柔沢ジュウ」

質問ではなく、確認でもなく、それは宣言のようであった。

どう対応するかジュウが困っていると、少女はいきなり動いた。

「成敗(せいばい)！」

見かけ通りの運動能力から繰り出された蹴りは、そこらの大人なら一撃で倒せそうな鋭さ。上体を反らしてそれを避(よ)けつつ、ジュウは次の攻撃に備えた。

今度も蹴りだった。長い足を振り抜いた速度は、風を切る音が鼓膜(こまく)に届くほど。側頭部を目がけて来たそれを、後ろに飛び退(の)くことでジュウは何とかやり過ごした。狭い道なので、避けるなら必然的に後退することになる。だがジュウはそれ以上、下がる気はなかった。

次も、やはり蹴り。空手(からて)でもやっているのだろう少女の前蹴りが、ジュウの下っ腹にまともに命中した。もちろん痛みはあるが、予期していれば耐えられないほどではない。やや前のめりになったジュウの頬を、少女は拳で打ち抜いた。体重のよく乗った一撃で、頭が少し痺(しび)れたが、これも予期していたので耐えられた。

母親との過激な交流の成果もあり、ジュウは基本的に打たれ強い。

次に来る攻撃にジュウは備えたが、それは無用だった。

少女が後ろに退(ひ)いたのだ。

自分のしたことに驚き、少し後悔する様子が、少女の顔には表れていた。

ジュウはこういったトラブルにある程度は慣れていたので、慌てるどころか、わりと冷静であった。慌てているのは、むしろ襲ってきた少女の方だ。

ジュウが軽く睨むと身構えたが、やはりもう攻撃は仕掛けてこなかった。彼女の目線を追うと、どうもジュウの口元から流れる血が気になるらしい。怪我をさせてしまったことに負い目を感じているのか。

……やっぱり、普通の子だな。

好んで暴力を振るうような連中とは違う、まともな人間としての匂いを、ジュウは彼女から感じ取っていた。感情に任せて喧嘩をすることはあっても、限度は心得ているし、我を忘れることはないタイプ。だから、ジュウがろくに防御もせずに攻撃を喰らい、怪我をしたのを見てすぐに冷静さを取り戻したのだろう。いきなり襲っては来たが、この少女は別にイカれているわけではない、とジュウは判断した。わざと蹴りを喰らって見せたのも、彼女を落ち着かせるためだ。

へたに防いだり避けたりするよりも、その方が効果的だということをジュウは経験から知っていた。

服についた彼女の靴の汚れを手で叩きながら、ジュウは言う。

「気が済んだか？」

「えっ？」

「腕試しだか通り魔だか知らんけど、俺はもう行くからな」

じゃあ、と手を上げて横を通り抜けようとしたジュウを、少女は慌てて止めた。

「ま、待ちなさい、この外道(げどう)！」

振り返ったジュウが睨むと少し怯(ひる)んだが、少女は負けじと言い続けた。

「不良！　鬼畜(きちく)！　変態！　オタンコナス！　キザミナットウ！」

「……最後のは何だ？」

「あたしの嫌いなものよ！」

取り敢えず並べて言ってるらしい。

それは罵倒(ばとう)ではあるのだが、あまりにも毒気が少なかった。

この少女の気質が善人である証拠だろう、とジュウは思った。

少しだけ話をする気になる。

「おまえ、名前は？」

「敵には教えない！」

「敵って……。まあ、俺を恨んでるわけだ。どういう理由かくらい、教えてくれるか？」

「何を白々(しらじら)しい！　あたしのお姉ちゃんをたぶらかしたくせに！」

「……お姉ちゃん？」

少女の意気込みに反して、ジュウにはさっぱり話の内容が摑めなかった。

お姉ちゃん、と言うからにはこの少女は妹なのだろう。

では、姉とは誰か。

「おまえ、ひょっとして紗月美夜の妹か？」

「……誰よそれ？」

違うらしい。

美夜の妹なら、それほどイメージから遠くないとジュウは思ったのだが。

「じゃあ、誰の妹だよ？　自慢じゃないが、俺の交友関係は狭いんだ。そうそう知り合いなんていない」

ジュウがとぼけていると思ったのか、少女はしばらく疑いの眼差し（まなざし）で刺し貫いてきたが、それでも反応が変わらないので不安になったらしい。

おずおずと小声で尋ねる。

「……あの、あんた、柔沢ジュウよね？」

「ああ」

「桜霧（さくらぎり）高校の二年生？」

「そうだ」

「ならやっぱりあんたじゃない！」

「だから、おまえは誰の妹なんだ！」

「堕花雨よ！」

その名前がジュウの意識に浸透するのに、数秒を要した。

意味を理解してから、さらに十秒ほどかけて、ジュウはようやく反応を返す。

「……マジで?」

「あったり前じゃない！　そんなの、見ればわかるでしょうが！」

全然わからなかった。

姉妹というなら、もう少し似ているものではないのか。

容姿も雰囲気もまるで違うし、体格だけ見れば小柄な雨の方が妹に思えてしまう。

しかし、彼女の言うとおりだとしても、それと今日のこの件はどう繋がるのだろう。

ジュウの反応の鈍さに痺れを切らしたのか、少女は叩き込むように言った。

「お姉ちゃんをたぶらかして好き放題に弄ぶ悪魔！　あんた、絶対に許さないからね！」

ビシッと、ジュウの鼻先に指を突きつける少女。

普通なら、ジュウもそれを払いのけるところだが、この少女はどうにも毒気が少なすぎた。

本人は闘志満々のつもりなのだろうが、可愛らしい顔立ちが災いして迫力不足。

逆に、ジュウは微笑ましさすら感じていた。

ムキになって怒る子供を見るような感覚だ。

「断言しておくが、俺はおまえの姉ちゃんに何もしてないぞ」

「ウソ！」

「本当に、絶対、まったく何もしてない」

「ウソ！　ウソに決まってる！」

「……あのな。あんなイカれた女に欲情するわけねえだろ?」

パーンという乾いた音が、静かな裏道に響いた。

少女の平手打ちが、ジュウの右頬に命中したのだ。

よけることもできたはずだが、何故かジュウの体は動かなかった。

それは多分、少女の瞳に涙が滲んでいるのが見えたから。

「お姉ちゃんを、お姉ちゃんを、馬鹿にするな！」

しゃくりあげながら、少女は涙声で言った。

「お姉ちゃんは、優しくて、頭がよくて、すごいんだ！　昔、あたしが迷子になった時だって、みんな諦めたのに、お姉ちゃんだけは捜し続けてくれて、あたしを見つけてくれた！　あたしがイジメられてた時は、いつも助けてくれた！　夜、怖くてあたしが眠れない時にはずっとお話ししてくれた！　あたしの悩みは何でも聞いてくれて、何でも答えてくれた！　お姉ちゃんはすごいんだ！　本当にすごいんだ！　だから、だから……」

ジュウは、目の前の少女が急に幼くなったように見えた。

大切なものがどれだけ大切なのか、必死に説明する小さな女の子に見えた。

「だから、お姉ちゃんを馬鹿にするな！」

「……悪かった」

ジュウは頭を下げた。

彼にしては珍しい、礼儀正しさをも感じさせる深い謝罪の形。

「悪かった。今のは俺の言い方が悪かった。謝る」

こんなに素直な態度は予想外だったのだろう。

少女はきょとんとした表情で、自分に頭を下げるジュウを見ていた。

「おまえの姉ちゃんは、ちょっと変わってるが、馬鹿じゃない。少なくとも、俺が馬鹿にできるような女じゃない。だから、謝るよ。ごめんな」

顔を上げ、目を見ながらそう言うと、少女は狼狽したように後ずさった。

気まずそうにジュウから視線を逸らす。感情が高ぶった末の言葉で、今さら恥ずかしく思ったのだろう。他に通行人のいない裏通りなのが幸いだ。

後ろでゴミ箱を漁っていた野良犬が、退屈そうに欠伸していた。

「……お姉ちゃんは、そりゃあ少しは夢見がちだけど、でも、おかしくなんてない」

夢見がち、という表現は物も言いようだと思ったが、ジュウは何も言わなかった。

少女の言葉を待つ。

「あんたが現れなければ、あんたが否定してくれたら、こんなことにはならなかったのよ」

「何の話だ？」

「前世の話！」

「ああ……」

さすがに妹だけあり、姉の妄想の内容は一応把握しているらしい。

「お姉ちゃんが優しいのをいいことに、その空想を利用して弄ぶなんて、絶対に許せない！」

「おい、待て。むしろ俺の方が利用されてる感じだと思うぞ」

「こういうことは、いつでも男が悪い！」

すごい理屈だった。

その気迫に、思わずジュウは納得してしまいそうになる。

しかし、言われっぱなしで済ませるわけにもいかない。

全て彼女の誤解なのだから。

ジュウが反論しようと口を開く前に、それを封じるようにして少女はさらに言った。

「あんたのせいで、お姉ちゃんの空想に拍車がかかっちゃったのよ！　あんた、お姉ちゃんの人生をメチャクチャにする気！」

ジュウの存在が雨の妄想をより強固なものにしてしまった、ということだろうか。

その解釈は、ジュウとしては青天の霹靂だったが、まるでわからない理屈でもなかった。

妹として、それを迷惑だという主張も、理解できなくもない。

「いや、でもな、俺だって、その……」

何となく自分が悪者になったような気がして、ジュウは口ごもってしまった。

その煮えきらない態度に苛立ったのか、少女はさらに何か言おうとしたが、不意に腕時計に目を移した。

そして大声を上げる。

「あーっ！　大変！　まずい、遅れちゃう！」

「……は？」

「友達と約束してるのよ！　時間に遅れちゃうでしょ！」

「おい、まだ話の途中で……」

「この件は、いずれきっちりケリをつけるからね！　もう二度とお姉ちゃんに近づくんじゃないわよ、この不良！」

それに対するジュウの返事を聞く前に、少女は駅に向かって駆け出していた。

最初から待ち伏せしていた、わけではなく、たまたま友達と会うために出かけた際にジュウを見つけた、だから勢いで抗議した、実力行使も添えて、ということなのだろうか。

嵐のような少女だった。

姉とは違う意味で印象深い。

「……で、結局、名前も聞かなかったな」

ジュウは、自分がひどく間抜けなように思えて、ため息をついた。

それにしても、と考える。

たしかに自分と堕花雨の関係は、常識的に見ればおかしいのだろう。

でも、『おかしい』と『いけない』は同義だろうか？

翌日、ジュウはさっそく学校で雨を問い詰めてみようと思い、教室で待っていたが、こういう時に限って彼女はなかなか現れなかった。

痺れを切らし、ジュウは重い腰を上げた。教室を出たジュウは、雨に会うため仕方なく進学クラスまで向かおうとしたが、その途中で意外な光景に出くわした。

廊下の端で、堕花雨と藤嶋香奈子が睨み合っていたのだ。

睨み合う、という表現は正しくないかもしれない。目を吊り上げて威嚇している香奈子はともかく、それに対する雨の表情はいつもと変わらないように見えた。

割って入りにくい空気を感じて、ジュウはどうするか悩んだ。

そうしているうちにも、二人の会話だけは僅かに洩れ聞こえてきた。

「……絶対に損するわよ」

「わたしにも損得勘定はできます。でもこの件は、この件だけは、それと関係ありません」

「思い込みだけで成立するとでも？」

「それ以外の何が必要でしょう？」

「進学クラスだし、もう少し頭のいい人だと思ってたけど……」

「あなたこそ、随分と意地っ張りですね」

「人を見透かしたようなこと言わないで！」

香奈子の両手が腰に当てられ、いつものお説教モードに突入しようとしたのを見計らい、ジュウはわざと大きな声で挨拶しながら近づいた。

「よう！　女二人で何やってんだ？　目立つぞ、こんなところだと」

周りに生徒は少なく、実際はそれほど目立ってはいなかったが、香奈子の顔は朱に染まり、ジュウをキッと睨みつけた。

「あんた、今の会話……」

「安心しろ、聞いてない」

ジュウが両手を上げて首を振ると、香奈子はフッと息を吐き、二人に背を向けた。

足早に去っていくその背中を見送りながら、ジュウは雨に訊いた。

「珍しいな。ケンカでもしてたのか?」

「忠告されました」

「何て?」

「いつもの内容です」

「俺とつき合うとろくなことはない、か。それだけにしちゃあ、やたらマジ顔だったぞ、あいつ」

雨は何も言わなかった。

追及すれば答えてくれるかもしれないが、ジュウもそこまでする気はない。

女同士の会話に男が口を挟んでもいいことはない、と思う。

「それはそれとして、実は、ちょっとおまえに訊きたいことがあるんだが」

「何でしょう?」

ジュウは本来の目的を思い出し、話を切り出した。

昨日の件はひとまず伏せて置く。

「おまえ、妹がいるのか？」

「はい。一人います」

「やっぱいるのか……」

「何か？」

「その妹って、おまえと似てる？」

雨は僅かに首を傾げ、形のいい顎に指を当てた。

「……どうでしょう。似ている、と言われた回数は、似ていない、と言われた回数を下回っているのは確かですが」

試しに容姿を聞いてみると、間違いなさそうだった。

二つ年下の中学三年生で、名前は堕花光というらしい。

「一緒に歩いていると、よくわたしの方が妹だと思われます」

「まあ、背格好からは、そう見えるか」

「……ジュウ様は、妹と会ったことがあるのですか？」

「劇的にな。で、一つ尋ねるが、おまえ、俺のこと妹に話したか？」

「はい、話しました」

雨が言うには、ジュウと一緒に下校しているところを偶然、光に目撃されてしまったらしい。

お姉ちゃん、あの男は誰！

帰宅した雨に、光は勢い込んでそう訊いてきたという。

「おまえ、それに何て答えた？」

「ジュウ様は、わたしの主だと」

「それから？」

「わたしを、ジュウ様の奴隷にしていただいたと」

そりゃあ妹も怒る。

ジュウはがくりと肩を落とし、頭を抱えたくなった。

下僕、騎士、奴隷、従者など、雨は様々な言い回しを使う。それらにはたいして意味はなく、雨がその日の気分で選んでいるのだろう、とジュウは思っていた。

妹に説明するなら、もう少しましな言い方があるだろうに……。

だが、いざ具体的に考えてみると、ジュウにもよくわからなかった。

自分と雨の関係は奇妙なものであり、他人が納得のいく説明などできそうにない。

友達、という表現が一番無難だと思う、多分。

「何かあったのですか？」

黙り込むジュウを見て、心配そうに雨が訊いた。

「……いや、もういい」

雨を通して光の誤解を解いてもらっても良かったが、泥沼になりそうな気もしてどうでもよくなった。

もし、また光が抗議をしに来たら、そのとき話せばいい。事の成り行きを、なるべく正確に。

これ以上誤解されないためにも、ジュウはしばらく雨との行動は避けるべきだと思った。

都合のいいことに、進学クラスである彼女の下校時間は、テストが近づくにつれて遅くなる。

「おまえ、期末テストが終わるまでは、放課後に補習授業あるんだよな?」

「はい」

「そうかそうか」

「ジュウ様がお望みなら、欠席してもかまいませんが?」

「バカ。そういうのは真面目に受けておけ」

「はい。ではそうします」

男と一緒に帰るために、学年五位の成績の少女が授業をさぼるなど、周囲に知れたらいい噂の種だ。

ジュウは、当分の間は一人で行動することにした。そうすることに抵抗はない。一人でいるのが一番気楽で、何より安心できる。少なくともジュウ自身はそう思っている。

それは多分、錯覚なのだろうけど。

第4章　忍び寄る狂気

本格的な梅雨を迎え、どんよりと曇った空を見ることが多くなった。

毎年この時期になると彼女は湿気の多さに気が滅入るのだが、今年は娯楽があるので気分は良かった。

彼の手際は、実に見事だ。

面白いくらい簡単に、笑ってしまうくらい呆気なく、『任務』は果たされる。

その刺激的な作業にも少し飽きていた彼女だが、今日は違っていた。

まさか、あの子が『獲物』になるとは……。

口元に笑いがこみ上げてきた。我ながら酷い奴だな、と自分をちょっぴり罵倒してから、彼女はカメラを持って『獲物』に近づいた。報告に必要な記録撮影だとでも説明すれば、彼はおとなしく引き下がる。

まずは一枚。

フラッシュの眩しさに顔を逸らした『獲物』が、彼女に気づいて唖然としていた。

なんてステキな顔だろう。

また一枚。

今度は顔を逸らすことなく、『獲物』は正面からフラッシュを浴びた。

何か言ってる。

答えるに値しない、くだらない内容だった。

それでもまだ、『獲物』は何か言ってる。聞いてもらえると思ってる。

バカみたい。

そのバカ面を写真に収めた。

まだ言ってる。

「どうして、こんなこと……！」

楽しいからだよ、バカ。


「また雨か……」

隣町にあるゲームセンターを出ると、暗くなった空から降り注ぐ盛大な雨が、ジュウを迎えてくれた。適当にふらつき、時間を潰しているうちに、天候は曇りから最悪の状態へと変わってしまったらしい。

天気は快晴が一番、とまでは思わないが、ジュウは雨が嫌いな方だった。どうにも視界を制限されるような、あの閉塞感がとても嫌だ。ずっと見ていると意識までぼやけてきそうで、何もかもが曖昧になっていくような、そんな感覚。

ジュウは仕方なくコンビニでビニール傘を買い、雨粒を恨めしそうに見ながら帰ることにした。

人間は、黙っている時は考えているし、しゃべっている時は口から思考を洩らす。それらの境界線は不明確で、重複してもいるのだが、とにかく人間は必ず何か考えてるといえる。それはきちんとした理屈であったり、思い出の反芻であったり、垂れ流しの妄想であったり、音楽でもあったりする。

ジュウの場合はどうかというと、垂れ流しの妄想が多かった。これまでの自分や、これからの自分に思いを馳せるなどまっぴらであり、今この時が良ければそれでいい。過去や未来など、どうでもいい。どうしたって時間は流れるし、歳も取る。それは、考えても考えなくても同じこと。だったら楽しい方を選ぼう。

楽しいことって何だ？

望みが叶うことです。

楽なことって何だ？

望みを捨てることです。

そんな無意味な問答を、以前にジュウは雨と交わしたことがあった。ジュウにつきまとうことが使命であり望み、と言いながら、彼女はいつも、ちっとも楽しそうには見えない。それなのに、飽きもせずにつきまとう。

あいつにとっての楽しいことって、何だろうか？

傘の表面を伝う雨粒を見ながら、ジュウはそんなことを考えた。それを知ったところで叶えてやろうというわけでもなく、ただの暇潰しの思考だ。遊び回っているように見られがちだが、ジュウの人間関係は極めてドライだった。誰かを誘って出かけることなど、まずない。つき合いの長い友人も少しはいるが、親友というものはいないし、彼女も作ったことがない。人並みの欲求は持っているのだが、深い仲になろうとは思えないのだ。

信頼できる人間を欲していない、ということだろうか。仮にそういう相手が欲しくても、どうすればいいのかジュウにはわからない。だから、簡単に友人を増やせる美夜の気質などには、憧れすら覚えてしまう。

実の両親ですらも信じ切れないジュウの心理を、精神科医なら何と診断するだろう。

……案外、俺も、あいつとそれほど差はないのかもな。

ジュウは自嘲気味に笑った。そう考えると、堕花雨が自分に目をつけたのも、ジュウから同類の匂いを嗅ぎ取ったということなのかもしれない。

「嫌な想像だ……」

同病相哀れむの気色悪さに、ジュウは背筋を震わせた。

天を覆う分厚い雨雲は、一向に途切れる気配がなかった。今夜はずっと雨だろう。何処かでパトカーのサイレンも鳴っている。また事件か。こんな日は適当にビデオでも観ながら寝るに限る。

電車を降りたジュウは、駅からしばらく歩いたところにあるレンタルビデオ店に寄ることにした。借りた本数で会員カードにポイントが溜まり、そのポイントを料金代わりにしてビデオを借りることもできるシステムを、その店は採用している。どれだけポイントが溜まっているか確かめるため、ジュウはポケットに手を入れてカードを探した。

そのとき、ビデオ屋に続く細道に、誰かが立ち止まっているのが見えた。

体の左側で壁に寄りかかり、傘も差さずに立っているのは、制服から判断してジュウと同じ学校の女生徒のようだった。車も通れない細道は、便利な抜け道として知る人ぞ知るところだ。周囲にはジュウとその女生徒以外は誰もおらず、激しい雨音だけが響いていた。

気分でも悪いのだろうか？

ジュウがそう思っているうちに、女生徒はずるずると壁を擦りながら前のめりに倒れた。手をつくこともなく、まともに顔を地面にぶつける倒れ方を見て、ジュウは慌てて駆け寄った。

厄介ごとは避けようぜ、という考えが頭の隅をかすめたが足は止まらず、女生徒の側まで来てしまっていた。

こういう場合は救急車を呼ぶべき、だよな……。

携帯電話を取り出そうとしたジュウの手が、途中で止まった。

うつ伏せに倒れた女生徒の後ろ姿に、見覚えがあるような気がしたからだ。

「おい、大丈夫か？」

声をかけながら、ジュウは肩を揺すってみた。

反応がない。

半ば水たまりに埋もれたような格好になっている女生徒は、ピクリとも動かなかった。

水たまりに何か赤い液体が混じっているのを見て、ジュウは目を剝いた。傘を放り捨て、やや乱暴に女生徒の体を抱き起こす。女生徒の手足に力はなく、頭はだらりと後ろへ垂れた。

「おい！」

気絶してるのかと思い、女生徒の後頭部を支えようとしたジュウの指先に、ぬるりとした何かが付いた。それが血であることはすぐにわかったが、続けて指先から感じる異様な感触にゾッとした。空気の抜けた水風船のようにグジュグジュしたそれは、人間の後頭部の正常な感触ではない。

「しっかりしろ！　おい、しっかりしろ！」

命を吹き込むかのように声を張り上げ続け、ジュウは女生徒の顔を間近から覗き込んだ。

街灯も少ない細道の暗さで見えにくかったものが、そうすることでよく見えた。

そのまま五秒ほど、視覚情報が認識できなかった。

口の端が裂け、鼻が曲がり、片目が潰れ、顔の半分以上が青黒く変色しているが、ジュウはこの女生徒の名前を知っていた。

「……藤嶋……」

ジュウと同じクラスで、学級委員でもある藤嶋香奈子だった。

不良を毛嫌いし、ジュウを軽蔑していた少女が、光を失った瞳にジュウを映していた。

開きかけた唇の間には、ただ黒い空洞が見えた。前歯が残らず折れているようだった。頬は、まるで潰した粘土のように変形していた。顔を無理矢理ガラスの板に押しつけ、それを向こう側から見た様子が、これに近いかもしれない。鼻と口から流れる血が筋を引いて顎を伝い、雨で薄まりながらも制服を赤く染めていった。

眼球に水滴が当たっても何の反応もないことからも、彼女がすでに死んでいることは明らかだった。

……死体は冷たいっていうが、これじゃわからねえな。

彼女を抱き上げたまま雨に打たれていたジュウは、そう思った。

停止していた思考が何とか正常復帰するまで、ジュウは香奈子の顔を見ていた。

これは、どう見ても事故じゃない。

誰かがこいつを、藤嶋香奈子を殺したんだ。

誰が？

自分の中に湧いてくる感情が何なのか、ジュウにもよくわからなかった。

正義感、ではないと思う。怒りや悲しみ、でもないような気がする。

藤嶋香奈子とは決して仲が良かったわけではないし、これから先も改善される可能性は、おそらくは皆無だったに違いない。香奈子はずっと自分を軽蔑し続け、自分も香奈子を煙たがって終わったはずだ。高校を出ればもう会う機会はなかったろうし、思い出すこともまずなかったろう。だからジュウは彼女の死を悼んでいるのではない、と思う。

目に涙が滲み、視界が歪んでしまうのは、突然の事態に動揺しているからだ、と思う。

この感情を説明するならば、不快感が一番近いかもしれない。自分の知る人間を、どこかの誰かに壊されたことに対する不快感。

彼女はたしかにうるさくて、むかつく女で、仲良くなれそうにはなかったが、それでも、こんな惨い殺され方をされるほど悪い奴ではなかった。むしろ、自分と比べれば良い人間に分類されたはずだ。

誰が彼女を殺した？

暴走しようとするジュウの感情を制するように、雨の勢いが増した。

耳が痛くなるほどの雨音。

自分と藤嶋香奈子を、雨の檻が取り囲むような閉塞感。

そこに憎い敵がいるかのように、ジュウは暗い空を睨みつけた。

……まさか、な。


翌日の新聞には、藤嶋香奈子の死亡記事が載った。

連続通り魔殺人事件の新たな犠牲者として。

「この前のあの子、藤嶋香奈子は、わたしと同じ学校の生徒だったんですよ」

「あ、そうなんだ」

彼女の責めるような視線も気にせず、彼は軽く頷いた。

事が済めば、もう何の興味もないのだろう。

子供がおもちゃに飽きるように、彼の心はすぐに移り変わる。

そのことをよく知っているので、彼女もそれ以上は言わなかった。

別に藤嶋香奈子の死を責めているわけではないのだ。藤嶋香奈子は彼女にとって特に重要な人間ではなかったし、この世から消えても何ら問題はなかった。

優先順位からいえば、藤嶋香奈子はたいして高くない。

知り合いが殺されたのだから、ここは責めてみせるのが正しい人間の在り方というものかな、と思い、ちょっと言ってみただけだ。

身近な人間が「指令」によって犠牲になるのは初めてのことでもあるし。

かりそめでも怒って見せたことで、彼女の人間性は満足した。

これでもう良心は痛まない。

ああ、それにしても、あの時の藤嶋香奈子の表情はなかなかステキだった……。

「こっちに来なよ」

彼が後ろから抱きついてきたが、彼女はその腕をすり抜けた。

「今日は帰ります」

「どうして？」

「期末テストが近いんです」

「真面目だねえ。昔からそうだった」

「成績が落ちると、お母さんが心配します」

「それはいけない。それはいけないよ。ちゃんと勉強するべきだ」

彼は勝手にそう納得すると、ソファにどかっと腰を下ろして雑誌を読み始めた。

その様子を冷めた目で見ながら、彼女は思う。

柔沢ジュウは、藤嶋香奈子の死をどう感じるだろうか？


藤嶋香奈子の葬儀は、火葬場の中にある施設でしめやかに行われた。

ジュウを含むクラスメイトの大半も参列し、それぞれが彼女の遺骸に別れを告げた。

私服の刑事らしき人間も何人かいて、ジュウを胡散臭げに見ていたが、特に何も言ってこなかった。疑わしいが、証拠がないということだろう。

藤嶋香奈子の死体を見つけた日、警察に通報したのはジュウではなく、後からやって来た通行人だった。その通行人は五十代後半くらいのサラリーマンで、ジュウに声をかけることもなく、すぐに通報していた。血塗れの少女を抱えたまま動かない少年、という図式を見て、不穏なものを感じたのだろう。ジュウはいくらかパニック状態で、そういったことに気が回らなかったのだが、それがいけなかったらしい。

駆けつけてきた警察官は、ジュウを重要参考人として連行した。

それからの取り調べは、苦痛の時間だった。

「彼女と君は、仲は良かったのか？」

「普通です」

「どっちだ？」

「良くも悪くもなかったです」

刑事はジュウの落ち着きぶりに不審を抱いたらしく、三時間ほどこってりと搾られ、根掘り葉掘り話を訊かれた。日常生活の過ごし方や、友人関係、学校の成績、果ては好きな女のタイプやよく見るテレビ番組のことまで。学校に問い合わせてみると、素行不良はあっさりと判明。しかし、補導された経歴や前科はない。一人で行動していたジュウにはアリバイはなかったが、結局は釈放された。

持ち物から凶器が見つからなかったことと、事件現場から逃げなかったことが理由らしい。

それでもリストには載ってしまっただろう。連続通り魔殺人事件の容疑者の一人として。

取り調べの刑事から話を聞くまで、ジュウは藤嶋香奈子の死と、通り魔殺人を結びつけられなかった。そういえばそんな事件が起きていたな、という程度の認識しかなかったものが、自分の知る人間に現実の災厄として降りかかるなんて、思いもしなかった。

当然のごとく親にも連絡は行ったが、父は仕事を理由に、母は多忙を理由にして、どちらも迎えにも来なかった。

わかっていたことなので、ジュウはそれを聞いても平然として、一人で帰った。

「藤嶋香奈子さんは学級委員として活躍され、周囲の信頼も厚く……」

担任教師の中溝が、ハンカチで目頭を押さえながら弔辞を読み上げていた。

クラスメイトの何人かは泣いていたし、美夜も泣いていた。香奈子の両親は泣き崩れていた。

ジュウは泣かなかった。険しい顔をしたまま焼香を済ませ、中溝に警察での件を簡単に説明してから、すぐにその場を離れた。

葬儀特有の非日常的空間が、どうにも耐えられなかった。

いつかは自分も死ぬ、という事実を否応なしに見せつけられているような気がした。

クラスメイトが死んだってのに、俺は自分のことしか考えないわけか……。

その身勝手さに呆れ、珍しいことに、ジュウは母に会いたくなった。彼女なら、柔沢紅香なら、自分を殴り、叱ってくれそうだったから。だがまさか、彼女に会いに行くわけにもいかない。そもそも、今どこにいるのかも知らないくらいだ。

さてどうしようか、とジュウは曇り空を見上げた。

最近の火葬場からは、煙突から立ち上る煙という情景が消えている。遺体を焼いた煙が人目につかないようなシステムになっているのだ。それは配慮であり、改善、なのだろう。焼かれた煙を見れば、死んだ者の魂が天に昇ったように錯覚もできる。だが、それすらも見えなくなった今、死んだ人間の魂はどこに行ったと解釈すればいいのか。

そんなものはない、と思えば済む話だろうか。

虚無に還ったと思えば済む話だろうか。

忘れれば済む話だろうか。

取り留めもない思考を続けながら、ジュウは自分の中で考えを固めつつあった。


翌日、ジュウは学校に行く途中、駅の売店で週刊誌を何冊か購入した。

休み時間になると、周りがほぼテストの話題一色の中で、ジュウだけは週刊誌を広げていた。

何でもいいから情報が欲しかった。藤嶋香奈子を殺したのはどんな奴で、どういうふうに殺したのか。今まで適当にニュースを聞き流していたのが悔やまれる。小さいながらも、連続通り魔殺人に関する記事はあった。犠牲者の年齢層は老人から中学生までと幅広く、男女の割合も半々くらいで、特に決まった傾向は見つけられない完全な無差別。犯人は金品などには手をつけておらず、その目的は純粋に殺人である可能性が高い。記事を読んでわかったのはそれくらいだ。

　すでに十人以上も犠牲になっているわりに記事の扱いが小さいのは、世間の荒んだ状況をよく表してるといえるだろう。凶悪事件など、今やたいして珍しくないということだ。

　最近話題なのは、幼稚園児ばかりを拉致し、両目をえぐり抜いてから解放するという「えぐり魔」。命は奪わず、しかし体の重要器官を奪い取ってから解放するという残酷な手口であり、マスコミの注目度は高い。被害者も、すでに三十人を越えている。被害者にメガネをかけた子がいないことから、「メガネをかけた子供は狙われない」という噂が流れ、我が子にメガネをかけさせる親が急増、という記事が載っていた。他にも、封筒に小型爆弾を入れてポストに投函し、開封した瞬間に爆発する無差別連続殺人事件の特集記事など。こちらも二十人近い死傷者が出ており、犯人の手がかりは未だ不明。封筒が食卓で爆発し、一家四人全員が死亡した話などが臨場感たっぷりに書かれていた。

　より残酷でセンセーショナルな事件を求めるマスコミからすれば、藤嶋香奈子の巻き込まれた事件など、他の多くの未解決事件の一つにしか過ぎないのかもしれない。危機感の希薄さは恐ろしい限りだが、ジュウとて知り合いが犠牲になるまでは真剣に考えなかったのだ。

　テレビではよく、自分だけは特別だと思わない方がよいと警告している。自分だけは大丈夫、という油断が落とし穴だと。ジュウは、自分を特別だと思ったことは一度もなかった。自分を特別だと臆面もなく断言できる人間を、ジュウは母親くらいしか知らないが、テレビなどで話を聞く限り、ほとんどの人たちが大なり小なり自分を特別だと思っているようだった。凶悪事件を、いつか自分自身に降りかかるかもしれない災厄として真面目に考える人間が、今の世の中どれだけいるだろうか。

どんな惨事も他人事。

こういうのを平和ボケっていうのかね……。

ジュウがそんなことを考えていると、美夜がひょっこり横から週刊誌を覗き込んできた。

「珍しいね、ジュウ君がそういうの読むなんて」

別に隠す気もなかったが、ジュウはページをめくってわざと風俗欄で手を止めた。

女よけにはこれが効果的。

「最近は美形が多いな。芸能人とたいして変わらん」

「そうだね。あ、この子なんかどう？　ウエストがキュッと締まってて、羨ましいかも」

美夜には効果がないようだった。

むしろ興味ありそうに、ページを埋めるヌード写真を見ていた。

仕方なく、ジュウは週刊誌を閉じた。

「こういうのは男の密かな楽しみなんだ。女はどっか行け」

「ジュウ君、あの事件のこと調べてるの？」

「……目ざといな」

ダッシュエックス文庫
魔弾の王と凍漣の雪姫6
ミーチェリア
川口 士 イラスト／美弥月いつか
集英社

ダッシュエックス文庫
異世界蹂躙
—淫靡な洞窟のその奥で—
ウメ種　イラスト／ぽに〜
集英社

「どうして？」

「暇なだけだよ」

「ジュウ君、暇なときはいつも寝てるじゃない」

「昼寝は飽きた」

「藤嶋さんて、ジュウ君のこと好きだったと思うよ」

それは不意打ち気味の話だった。

ジュウは平静を装いながら、呆れたようにして笑う。

「……バカバカしい」

「そういうのは、何となくわかるもんだよ」

「あいつは、俺を目の敵にしてたろ？」

「いつもジュウ君のこと気にしてた」

「監視してただけだ」

「嫌いな人なら、無視すればいい。でも、嫌いじゃないから、どうしても見ちゃう」

「……おまえ、何考えてる？」

「ジュウ君のこと」

「終わりだ」

ジュウは週刊誌を机の中に押し込み、強引に話を打ち切った。

「何でもない、興味ない、関係ない。事件のことなんかどうでもいい」

そんなジュウの様子を美夜はじっと観察していたが、これ以上は何を言っても無駄と悟ったらしい。

右手の人さし指を立てると、笑顔を添えて言った。

「何か困ったことがあったら、わたしに相談してね?」

「してどうなる」

「してみてからのお楽しみ」

「なんだそりゃ……」

少し笑い、しかし、ジュウは感謝の言葉を述べた。

「よくわからんが、ありがとうと言っておくよ」


放課後になっても、ジュウはすぐには帰らなかった。

美夜にだけ挨拶してから、しばらく校内をぶらつき、時間をかけてある教室を目指した。

行くのは初めての進学クラス。

窓から教室を覗くと、整然と並んだ生徒たちが黙々と鉛筆を動かすのが見えた。

ここで扉を開けたら恨みを買いそうだ。ジュウは大人しく待つことにした。

それから二十分ほどで教室の扉が開き、まず教師が出てきた。廊下にいたジュウの姿を見つけると怪訝そうな顔をしたが、何も言わなかった。なるべく穏和な表情になるよう、ジュウが努力した成果でもある。続いて出てきた生徒たちを階段に移動して避けながら、ジュウは目当ての人物を捜した。

うっとうしい前髪、小柄な体、きびきびした動き。

「おい」

ジュウの声に即座に反応したのは、さすがではある。

堕花雨はジュウを見つけると、すぐに駆け寄ってきた。

「ジュウ様、何か御用でしょうか?」

「一緒に帰らねえか?」

「わたしと、ですか?」

「こうして誘ってる」

「喜んで、御一緒させていただきます」

口元を綻ばせ、雨は嬉しそうに頷いた。その様子を見た周りのクラスメイトたちの視線は、決して好意的ではなかったが、雨は気にしてないようだった。

ジュウとしても、今は気にしている場合ではない。

「じゃ、行くか」

「はい」

雨と連れ立って、ジュウは学校を出ることにした。

大半の生徒たちが下校した後なので、帰り道はずいぶんと空いていた。

夕暮れに照らされたアスファルトに、並んだ二人の長い影が落ちる。ジュウは右手で鞄を持ち、左の脇には今日買った週刊誌を抱えていた。これ見よがしに何冊も抱えているのは、雨に気づかれるようにするためだ。なるべく自然にその話題が出るようにするためだ。

そして、その試みは成功した。

「気になる記事でもありましたか？」

週刊誌を目にした雨が、珍しく自分から話を振ってきた。

ジュウは勝負に出る。

「連続通り魔殺人事件」

横目で雨の反応を窺うが、彼女は変わりなかった。

ジュウは足を止めた。雨もそれに従い、ジュウの隣に立つ。

周囲には、携帯電話で話すサラリーマンや、買い物帰りらしき主婦が何人かいるだけだ。その中の誰も、ジュウと雨には注目していなかった。

ここでいいのか？

今ここで、全てを終わらせるかもしれない質問をしていいのか？

短い問答を頭の中でしてから、ジュウは覚悟を決めた。

呼吸を整え、大きく息を吸ってから静かに言う。

「おまえに訊きたいことがある」

「はい、何でしょうか？」

「藤嶋香奈子を殺したか？」

発音は完璧で、ちゃんと伝わったはずだが、雨はそれが聞こえなかったかのように無反応。

もう一度、ジュウは言う。

「おまえは、藤嶋香奈子を殺したか？」

堕花雨が犯人ではないか。

その疑念が浮かんだのは、藤嶋香奈子の死体を抱えて雨に打たれている時だった。

何か確信があったわけではなく、ただフッと思い浮かんだのだ。

あいつなら、堕花雨ならやれるのではないか、と。

藤嶋香奈子は自分とジュウの関係を邪魔する存在、と雨は思ったのではないか。

そして、それを排除しようと思ったのではないか。

最初から殺意があったのかどうかはわからない。最初は口論だったものが、次第にエスカレートした結果なのかもしれない。以前に、二人は廊下で睨み合っていたことがある。例えばあれが学校内ではなく、周囲に人気のない場所でのことだとしたら、あれから先はどんな展開があり得たか。そして、ジュウの家で紅香を相手に見せたあの本気の殺意が、この推理に行き着いた根拠になっていた。

彼女の唱える前世の絆とやらを藤嶋香奈子に否定され、それに逆上して殺害に至ったという

シナリオ。

これは妄想で塗り固められた行動理念が招いた悲劇、ではないのか。

もちろん、否定材料もたくさんあるだろう。

一番大きいものは、手口から見てこれは連続通り魔殺人の一つ、という点。

警察やマスコミの考えるこの事件の犯人像は、男なのだ。

だが、その点に関しては、ジュウはもう一つの疑念を持っていた。

この連続通り魔殺人事件に堕花雨が関わっているのではないか、という疑念。

主犯は男で、それを手伝う女が一人。

実際に殺人を行うのは男の方で、頭の良い雨はそのサポートをする。

それは十分にあり得る話ではないのか。

少ない証拠、未だに捕まらない犯人。堕花雨なら、それが可能のように思えた。

どこかに、彼女の妄想に共感する男がいて、そいつと共謀している可能性。

罪悪感を妄想で正当化し、何ら変わりなく日常生活を送っている可能性。

ひょっとしたら、ジュウの側にいるのもやがて殺すためかもしれない可能性。

不快な想像図だったが、一度思いついたらなかなか消えなかった。だから、ジュウは雨に直接問い質すことにしたのだ。

この少女には多くの言葉を尽くすより、ストレートに訊くのが何より効果的だから。

近くを通り過ぎる主婦たちの、陽気な笑い声が聞こえた。お互いにくだらない愚痴を言い合いながら、ストレスを解消している。

彫像のように固まっていた雨がようやく動いたのは、それが遠ざかってからだった。

「殺していません」

まずは否定か。

ジュウは、それを鵜呑みにする気はなかった。

「本当か？　それにしては、答えるのに随分と間があったじゃないか」

頭の回転が速い彼女にしては、あまりにも反応が鈍かった。

簡潔な答えに反して、時間がかかり過ぎている。

それは、図星を指されたからではないのか。

「予想外の質問でしたので、少し驚いてしまいました」

「どのへんが予想外だ？　俺が、おまえを疑っていることか？」

「ジュウ様が、藤嶋香奈子の死を調べていることです」

微妙に話題を逸らしているような気がして、ジュウはさらに疑いを深めた。

「おまえ、藤嶋のことを邪魔だと思ってたろ？」

「思っていません」

「……えっ？」

これはジュウにとっては予想外。

「彼女は、特に邪魔というわけではありませんでした」

「なんで？」

「ジュウ様がそう思っているからです」

話を誤魔化(ごまか)しているのかと思ったが、雨の口調にも表情にも、一片の乱れもなかった。

ありのままを語る姿勢。

「ジュウ様の敵は、わたしの敵。ジュウ様の敵でなければ、それはわたしにとっても敵ではありません。それに……」

「それに？」

「わたしとジュウ様の絆は、他人がどうこうできるものではないのです」

無意味な確信を込めて、雨はそう断言した。

それを適当に聞き流しつつ、ジュウは訊いた。

「じゃあ俺のことを抜きにして、おまえ個人としては、藤嶋のことをどう思ってたんだよ？」

「意地っ張り、でしょうか」

「……は？　待てよ。えーと、そうだ。前におまえ、藤嶋と廊下で睨み合ってたことあったよな？　あの時、おまえら何を話してたんだ？」

女同士の会話だからと、あえて無視していたことをジュウは尋ねてみた。

一方の当事者である藤嶋香奈子が死んだ今、そうすることに後ろめたいものを感じないではないが、本人の死が絡んでいる可能性もあるのだ。

　ジュウの質問から逃れる気などないのか、雨はあっさり答えた。

「ジュウ様と関わるな、と言われました」

「それだけか？」

「ジュウ様に関わることが、わたしにとって損になるとも言われました」

「……そりゃあ、まあ間違ってないわな」

「でもそれは、わたしを心配して言ったことではありません」

「どういうことだ？」

「彼女が心配していたのは、むしろジュウ様の方でしょう。わたしが側にいることでジュウ様が迷惑を被っていると、彼女には見えていたようです」

　その観測にはそれほど間違いはなかったが、ジュウは黙って聞いていた。

「それに、これはわたしの推測に過ぎませんが、彼女は羨ましかったのかもしれません」

「何が？」

「わたしがジュウ様の側にいることが、です」

「どっからそんな考えが……」

「わたしには、彼女はもっとジュウ様と話したがっているように見えました。でも、彼女の信念、あるいは世間体のようなものが、それを邪魔していたようです。そして、そんな彼女の目には、わたしのような存在はあまり快くは映らなかったのでしょう。わたしとジュウ様の間にある前世からの絆も、彼女には理解できなかったようですし……」

生真面目だった香奈子が、雨の話に納得するわけもないだろう。

ジュウは必死に頭を働かせ、情報をまとめた。

「……本当に、藤嶋のことを邪魔とは思ってなかったんだな？」

「はい」

「話のわからん奴だとか、排除するべきだとか、そういうことも思ってないんだな？」

「はい」

雨の態度には、後ろ暗さのようなものがまるでなかった。

「これは今さらになりますが、わたし個人としては、彼女は決して嫌いな人間ではありませんでした」

この態度は演技か真実か。

自分はそれを見抜けると思っていたのだが、どうやらジュウには無理のようだった。

「おまえ、本当に藤嶋を殺してないんだな？」

「はい、殺していません」

雨の否定の言葉を、ジュウは信じてしまう。

こいつは、堕花雨は、たしかに電波系の女だが、何故か自分にはウソをつかない。彼女がそうする理由は妄想であるのに、妄想でしかないのに、そんな彼女を自分は信じてしまう。

「本当に本当だな？」

「本当です」

ジュウは力が抜けたように肩を落とし、一度下を向いてから、何とも言えない顔で天を仰(あお)いだ。

どうも本当らしい。

ひょっとしたら、本当の本当の本当は、こいつが犯人なのかもしれない。

でも、たとえそうだとしても、自分には彼女を告発するのは無理だということがよくわかった。

その理由にも気づいたが、そこはあまり考えたくない。

「ジュウ様」

「ん？」

「今日は、これからお暇でしょうか？」

「何で？」

「お暇でしたら、我が家に寄っていきませんか？」

それは出会って以来、初めての申し出だった。

彼女の私生活は謎だ。妹がいることくらいしか、ジュウも知らない。

好奇心が疼(うず)いたが、彼女の魂胆(こんたん)が読めなかった。

「行くと、何かあるのか？」

「連続通り魔殺人に関することで、お見せしたいものがあります」

「何だよ、それ?」

「我が家に来ていただければ、わかります」

もったいぶっているのか、それともここでは言いにくいことなのか。

ジュウに、今日これからの予定はない。

だから彼女の誘いを受けることに障害はなかったが、胸騒ぎがした。

……見せたいものって、まさか殺しの証拠じゃないよな。

いきなり死体でも見せられたらどうするか。

共犯の男に待ち伏せされていたらどうするか。

家に連れ込まれたら最後、そこには罠(わな)が待ちかまえていた、なんてことにはなるまいか。

ジュウは少し迷ったが、やはり誘いを受けることにした。事件に対して、自分なりの決着をつけたい。雨が何か情報を持っているというなら、それを聞くのもいいだろう。

万が一の時は、その時に考える。

「わかった、おまえの家に行こう」

「歓迎いたします」

雨は微笑(ほほえ)むと、ジュウを先導するように歩き出した。ジュウは背中を丸めてその後に続き、途中で見つけたゴミ箱に週刊誌をまとめて放り込んだ。

堕花雨の自宅は、ジュウの住むマンションから五百メートルほど離れたところの住宅街にあった。雨の話によると、築十年にも満たない一軒家だという。三年ほど前に雨の父が購入し、一家共々この街に引っ越してきたらしい。

その話のとおり、ジュウの前に現れたのはまだ新しい二階建ての一軒家だった。門構えもなかなかに立派であり、番犬でもいそうな雰囲気だったが、それはいなかった。

思ったよりも大きな家なので、ジュウは少し気後れしてしまった。

堕花家はどこにでもある中流家庭、ではないようだ。

だが、今さらここで引き返すのは格好が悪い。

「……おまえ、実はお嬢様だとか？」

「ご冗談を」

謙遜なのか誤魔化しなのかよくわからない返事をしてから、雨は門を押し開いた。門柱に出ている堕花という表札を横目に見ながら、ジュウもその後に続く。少し傾斜のついた石畳を踏み進んで、扉に辿り着いた。

鞄から鍵を出し、雨が扉を開ける。

「ただいま」

わりと大きめの声でそう言ったのは、家の中が広いからだろう。

雨は玄関の明かりを点け、ジュウに靴を脱ぐように促した。二人が玄関を上がり、ちょうどスリッパに履き替えたところで、母親らしき女性が奥から現れた。

見た目では歳のわかりにくい、上品そうな女性だった。

「お帰りなさい、雨。……そちらの方は？」

「紹介するわ。同じ学校の柔沢ジュウ君。わたしのお友達」

「まあ、そうなの」

口に手を当て、やや大げさに驚いたのは、演技ではなく素なのだろう。

目元は雨と少し似ていたが、中身はおっとりしてそうだった。

優しい笑顔で丁寧に挨拶。

「雨の母の、薫子です。うちの娘がいつもお世話になっているようで、ありがとうございます」

「い、いえ、こちらこそ」

薫子が頭を下げたのに合わせて、ジュウも緊張した面持ちで頭を下げた。

なんだか妙な気分だ、と思いながら。

「もうすぐテストがあるでしょ？　それで、一緒に勉強しようと思って、彼を誘ったのよ」

雨の説明を、薫子は少しも不審がらずに聞いていた。娘を信用しているのか、もとからそういう性格なのか、それとも、ジュウの印象がそれほど悪くなかったからか。

……これじゃあ、まるで彼氏扱いだ。

そう誤解されても仕方がないところである。

その誤解を解きたいところではあったが、ここは雨に任せることにした。

母親に対する彼女の言動は、出会って以来初めてお目にかかるほどまともだ。

まさしく何処にでもいそうな、それでいて躾の行き届いてそうな女子高生の姿。

薫子は雨の説明ですぐに納得し、後でお茶とケーキを差し入れしてあげるわね、と言い残して奥に戻っていった。

「ジュウ様、わたしの部屋は二階ですので、こちらから」

母親が消えると、雨の言動はいつものそれに戻っていた。

雨の後に続いて階段を上がりながら、ジュウは訊いてみた。

「おまえ、親の前だと全然違うみたいだな」

「あれは世を忍ぶ仮の姿です」

雨の認識だと、ジュウに見せるこの姿が真実、ということらしい。

娘のこんな部分を知ったら母親はどう思うだろう？

そんなことを考えながら、ジュウは二階に上がり、廊下の突き当たりにある彼女の部屋に案内された。

「どうぞ」

と雨に促され、部屋の中に足を踏み入れる。

ジュウの部屋より一回りは広い十畳ほどの空間に、テレビとベッドと勉強机、そして洋服タンスと大きな本棚があった。ビデオデッキやＤＶＤなども揃っている。

綺麗に整頓された室内は、いかにも堕花雨らしい。平均的な女子高生の部屋がどんなものかジュウは詳しく知らないが、雨の部屋がそれから外れているだろうことは想像できた。女の子らしいファンシーグッズや流行り物の類いは何もなく、地味で味気ない。色合いも、ピンクなどはどこにも使っていなかった。ベッドを覆う白いシーツがビシッとしわ一つなく伸ばされた様子は、彼女の几帳面さを表しているといえよう。

「お好きなところに鞄を置いて、おくつろぎください」

「ああ」

ジュウは壁際に鞄を置き、自分もその近くに腰を下ろした。壁に背を預けてあぐらをかき、落ち着きなく室内を見回す。同年代の女の部屋に入るのは初めてだ、と今さら気づいたのだ。こういう機会があるならもちろん恋人の部屋だろうと思っていたのだが、まさか前世云々を言い出す電波な少女の部屋に入るのが最初になるとは、人生はわからないものだ。

ジュウがしみじみとそんなことを思っていると、雨は窓を開けて部屋の空気を入れ換えた。夕暮れの赤い日差しと一緒に、冷房を必要としない程度に涼しい風が入ってきた。

雨は押入の扉を開け、そこから折り畳み式のテーブルを出した。

そして、その上に参考書や筆箱を置き始めた。

「……ん？　おまえ、何やってんだ」

「テスト勉強の準備です。ジュウ様も、ご自分の勉強道具を用意してください」

「おい、さっきのあれはウソも方便てやつで、何も本当にせんでも……」

雨は少し首を傾(かし)げ、

「……カムフラージュのつもりだったのですが。それとも、本当にしますか？　テスト勉強」

と訊いてきた。

ジュウはばつの悪い顔で答える。

「おまえ、俺の成績知らないのか。ここで並んでやったところで、レベルが違いすぎるよ」

「学校の成績など、気になさる必要はありません」

気休めではなく、雨はきっぱりとそう断言した。

「ジュウ様の価値は、そんなことでは計れませんから」

「じゃあ何で計れる？」

「それはもちろん、心で」

恥(は)ずかしげもなくそう言ってのける雨に呆れつつも、ここは彼女に従うことにした。

せっかく進学クラスの才女がいるのだ。

彼女の言うとおりカムフラージュにはなるし、多少は勉強してもいいだろうと思えた。

教科書も開かずに話し合っている様子を親に目撃されたら、誤解がさらに加速しそうである。ジュウも自分の鞄を開け、中から筆箱や教科書を取り出そうとしたが、よく考えたらそれらは学校に置きっぱなしだった。常日頃(つねひごろ)からの習慣は、テストが近づいても変わらない。

「では、わたしの物を使いましょう」

ジュウが愚痴を言う前に、それを察した雨はジュウの分の筆記用具も用意した。

かくして、体裁としてはジュウが雨に教えを請う形でのテスト勉強が始まった。

どこがカムフラージュだ、とジュウの頭の中を不平不満が飛び交ったのは五分後。

しかしそれも、十分後には綺麗に消えていた。

ジュウは今まで学校の授業を一元的に見ていた部分があり、どの教師も同じようなものだと思っていた。そこそこ上手く、そこそこ下手。授業なんてそんなものだろう、と高をくくっていたのだが、その考えを改めることになった。

堕花雨の教え方は、妙に上手いのだ。いつものように抑揚のない口調なのだが、それが何故か心地よく、頭にすんなりと入っていく。彼女の指が軽やかにノートの上を滑り、すらすらと文字や数式を書いていく様子に、ジュウは我知らず見とれていた。

体育館裏に呼び出された手紙を見たときにも思ったが、読みやすく好感の持てる字だった。

わけわからん、でジュウが済ませていた部分を、雨は噛み砕いて根気よく説明し、テスト勉強は順調に進んでいった。

……こいつ、やっぱ頭いいな。

雨の横顔を見ながら、ジュウは内心で感嘆していた。

それともこれは、ろくに知識のない自分だからそう思えるだけなのか。

電波系だということを忘れそうになるほど、こういうときの彼女はまともに見えた。

どっちが本当の姿だろうかと、愚にもつかない疑問まで抱いてしまう。

「ジュウ様、聞いておられますか？」

「……あ、悪い」

「では、もう一度最初から説明します」

怒るでも呆れるでもなく、雨は落ち着いた口調で解説。彼女の雰囲気に影響されたのか、ジュウは自分でも驚くほどおとなしく勉強を教えられてしまった。


一時間ほど経ったところで、雨は小休止を宣言。

母親からお茶とケーキを受け取るため、一階へと下りていった。

一人部屋に残されたジュウは、やれやれと肩の力を抜く。

「どうにも調子が狂うな……」

前世云々の妄想がなければ、彼女は自分とまったく関係のない人生を送っていたのではないだろうか。おそらく、一度も口をきくこともなく、お互いの存在も知らずに終わっていたことだろう。

そう考えると、奇妙な縁だった。

「……ま、それでも所詮は妄想の縁だけどな」

広げたノートを見て、自分にしては随分と勉強がはかどったと感心した。これでテストの成績が上がりでもしたら、髪の色を染め直した件から続いて、担任教師の中溝は本格的にジュウが更生（こうせい）したのだと思いこんでしまいそうだ。それはそれで、別に困ることでもないのだが、何となく面白くなかった。それらが全て堕花雨の影響であるというところが面白くなかった。それではまるで、堕花雨と関わったことは柔沢ジュウにとってプラスになっていることになる。

ぼんやりと視線を泳がせていたジュウは、本棚に目を留めた。軽く五百冊は越えているだろう蔵書。そこに収まった本の背表紙を見て、ジュウはあんぐりと口を開けた。

少女マンガは、まだいい。だがそれらに混じってあるのは、アトランティスだのムーだのを特集した雑誌や、分厚い心霊現象研究書、超能力入門書、宇宙人図鑑、世界猟奇（りょうき）殺人大全集、そしてアニメ雑誌……。雑多なジャンルというか、かなり妖（あや）しげなセンスで本棚は構成されていた。

ジュウはその中の一冊を抜き出し、表紙に描かれた何だかわからないアニメ絵を見てため息をついた。その表紙には、「集まれ！　前世の絆で結ばれた戦士たち」と赤い文字であった。

こういうものが、彼女の頭の中にはしっかり根付いているのだろうか。

よく見ればビデオやＤＶＤも、ソフトはどれもアニメばかりのようだった。

彼女の妄想の根幹を見せられたような気がして、ジュウは少し背筋が寒くなった。

「……あいつ、未だにアニメとか観てるのかよ」

アニメもマンガも、ジュウは小学校と同時に卒業済みである。テレビはバラエティーしか観ないし、本もあまり読まない方なので、高校生にもなってこうした趣味を持ち続ける彼女の嗜（し）好（こう）はさっぱり理解できなかった。

堕花雨の不可思議な内面を垣間見たような感覚だ。呆れてしまうし、アホらしいとも思うが、不思議と嫌悪感には繋がらなかった。

それは多分、常日頃から彼女と直に接しているからだろう。

階段を上がってくる足音が聞こえたので、ジュウは素早く本を棚に戻した。

持ち主が不在中にその持ち物に触れるのは、何となく後ろめたい。

部屋の扉が開き、何気ないふうに視線を向けたジュウは、思わず、うっと身を引いた。

何やらオーラのようなものを身にまといながら、幽鬼の如き威圧感を持って立つ少女。

その髪型は、以前に会ったときと同じくポニーテールだった。

「あんた、何でここにいんのよ……」

堕花雨の妹である堕花光は、ジュウを睨み殺しそうな迫力で見下ろした。

「まだ性懲りもなくお姉ちゃんにつきまとってるだけでなく、あまつさえ家にまでノコノコ上がり込んでくるなんて、いい度胸ね、あんた……」

「久しぶりだな、光」

「呼び捨てにすんな！」

声と同時に飛んできた回し蹴りを、ジュウは身を伏せてかわした。

頭上を通り過ぎた風圧からして、光は本気である。

「落ち着けよ。今日はただ、テストに向けて勉強を教わりに来ただけだって」

ほらほら、と机に広げた教科書やノートを見せるが、光の態度は一向に軟化しなかった。

「それは口実ね。わかってんのよ、あんたの企みなんて。どうせお姉ちゃんの体が目的なんでしょ！　隙あらばそういう関係になってしまおうという算段！　ああもう、何て汚らわしい！　お姉ちゃんの純情につけ込もうなんて、この悪魔！」

　再び飛んできた蹴りを、ジュウは今度はかわさずに手のひらで受け止めた。衝撃を殺して、そのまま摑む。

　片足立ちになった光は、一気に動揺した。

「な、なによ？　あたしまでその毒牙にかけようっての？　冗談じゃないわ！　お姉ちゃんの貞操もあたしの貞操も、あんたみたいな男に奪われてたまるもんですか！」

　頬を赤らめ、広がるスカートを必死に押さえる光を見て、ジュウは苦笑した。

　ジュウが足を放してやると、光は体勢を立て直してさっと身構えた。

　制服を着ているところからして、学校から帰ってすぐに玄関に見慣れぬ男物の靴を発見し、そのままこの部屋まで直行してきたのだろう。その熱意や行動力、そしてある種の思い込みの激しさは、たしかに姉妹で似ているような気がした。

　どちらも、ジュウにとって迷惑であるが。

「おまえさ……」

「な、なによ？」

「おまえの姉ちゃんがどうして俺を妄想の対象に選んだのか、理由を知らないか？」

　それを聞いた光は、ちょっと驚いた顔をしてから、拍子抜けしたように構えを解いた。

雨の妹だけあって、興奮していても思考へのアクセスは速いようだ。

問い返すでもなく、一度でジュウが知りたいことを理解したらしい。

「おまえの姉ちゃん、頭いいだろ？　だからさ、俺なんかよりも、もっと趣味の合う奴を選べば良かったんじゃないかって、そう思うんだよな。なんで俺なのかね」

前世云々の件にしても、そういう話に乗ってくれる人間は世の中に皆無ではないだろう。

自分よりも、もっと堕花雨に合う人間はいるはずなのだ。

頭脳明晰な彼女にしては、自分を選んだという点だけは不思議で仕方がなかった。

本人に訊いても、これは運命です、としか返ってこない。

姉のそうした判断を、妹はどう思っているのか。

急に熱が引いたかのように、光は冷静な表情で言った。

「……あんた、わかってないんだ」

「何を？」

「お姉ちゃんが、あんたを選んだ理由をよ」

「ということは、マンガやアニメやオカルト雑誌の影響だけじゃないんだな？」

「当たり前でしょ！　それじゃただの電波系じゃないの！」

ジュウはずっとそうだと思っていたのだが、火に油を注ぎそうなので、この場では言わなかった。

「教えてくれよ？　どうして俺なんだ」

「知らない」

ぷいっと横を向き、光は口を尖らせた。

「あんたみたいなのは、ずっと悩んでりゃあいいのよ。いい気味だわ」

光の生意気な態度にも、ジュウは腹を立てなかった。口調は荒っぽくとも、実は滅多なことでは怒らない。紗月美夜や堕花雨にはとっくに見抜かれているであろう、それが柔沢ジュウの本質だ。

その質問には断固拒否、という姿勢を崩さない光を見て、ジュウは追及を諦めた。

「つまり、本人に訊けってことか」

「お姉ちゃんは言わないわよ。ていうか、言うわけがない。女の子だもん」

「……女の子？　なんだ、どういう意味だよ、それ」

「いいから！　あんたはさっさとお姉ちゃんの前から消えればいいのよ！　前世の件はきっぱり否定して、それで終わり！」

「否定なら何度もしてる」

「否定の仕方が半端なのよ！　本気で否定しなさい、本気で！　自分じゃないって、強気で言い切りなさいよ、お姉ちゃんの心に届くまで、何度でも！　だいたい、あんたお姉ちゃんのこと好きでも何でもないいんでしょ？　むしろ迷惑そうだし。だったら、とことん拒絶すればいいじゃないの！」

「それは……」

ちょっと遅かったな。

ジュウは心の中でつぶやいた。出会った当初から今現在までで、堕花雨に対する印象はかなり変わってしまっている。

最初はただ迷惑で、今でもやっぱり迷惑なのだが、それだけではなく……。

「光ちゃん、何してるの？」

扉の前で仁王立ちになっていた光の背後から、雨が声をかけた。

手にはお茶とケーキののったお盆を持ち、怪訝そうに二人を見比べている。

「お、お姉ちゃん！　家の中では気配を消さないでって、いつも言ってるでしょ！」

「そうだったわね」

雨は涼しい顔で光の横を通り、部屋に入ると、テーブルの上にお盆を置いた。

「そういえば、ジュウ様と光ちゃんは以前にも会ったことがあるのでしたね？」

「たまたま街でな」

まさか襲撃されたとも言えず、ジュウは曖昧に微笑んだ。

ふてくされたように黙る妹に、姉は言う。

「光ちゃん。元気がいいのは良いことですけど、ジュウ様への粗相は許しませんよ？」

「もう、お姉ちゃん！　そいつに様なんて付けないでよ！　そんな不良なんかに……！」

「光ちゃん」

ジュウには普通の発音にしか聞こえなかったが、妹には違って聞こえるらしい。

光の顔色は見るからに青くなり、しばらく逡巡してから、渋々頷いた。

「……わ、わかったわよ」

この姉妹の力関係を如実に表している光景だな、とジュウは思った。

背格好だけ見れば、長身である光の方がしっかりしているように思えるのだが、実際は姉に頭が上がらないらしい。そこには、一人っ子の自分には理解できない姉妹の絆のようなものも感じられて、ジュウは少しだけ羨ましくも思えた。

光は諦めて部屋から出ていくことにしたが、扉を閉める瞬間、ジュウに念を押した。

「あんた、お姉ちゃんに指一本でも触れたら、割腹自殺するまで念仏唱えてやるからね！」

「意味がわからん」

光の威嚇を受け流し、ジュウは手のひらをひらひらと振った。


「妹が、何かご迷惑をかけませんでしたか？」

「いや、別に。楽しい子だよ」

それはジュウの本音であり、何を言われようと、光を嫌いになるのは難しそうだった。

快活な女性は好みである。そういう観点、女性の好みという点でいえば、堕花雨はまるっきり外れており、むしろ苦手な部類に入ると言っていい。

それが、どうしてこんな近くにいるのだろう。

「妹は、学校でも人気があるようです」

お盆からお茶とケーキをテーブルに移しながら、雨は言った。

ジュウはお茶を一口飲み、程よい苦さに満足しながら笑う。

「たしかに人気はありそうだな。ラブレターとか、もらってくんじゃねえか?」

「そうですね。鞄一杯のラブレターというものを、マンガ以外では初めて見ました」

「そいつはすげえ。まあ、わからんでもないが」

客観的に見ても、堕花光は可愛いと断定していい少女だろう。

強気な性格と容姿がマッチしている。中学生にしては発育がよく、それでいてどこか幼さも残る顔立ちは、同年代の男子が放っておかないはずだ。

「妹は、人に好かれやすい性格です。母に似て容姿にも恵まれていますし、友達も多い。わたしと違って料理も得意です。部活動も、いくつか掛け持ちするほど活躍してます。空手道場に通ってもいますが、本質的には平和主義で、優しい、良い子です。……姉の欲目ですね、これは」

失礼しました、と付け加える雨。

そういうおまえだってなかなかのものだ。

ジュウはそう思ったが、もちろん口には出さなかった。

うざったい前髪を上げ、髪型を今風にするだけでも、彼女を見る男子の目は百八十度変わることだろう。陰気な優等生というレッテルなど、すぐに返上できる。

ショートケーキをフォークの先で崩しながら、ジュウは何気ないふうを装って言った。

「おまえ、その髪型、変えたりしないの？」

「髪型ですか？」

自分の前髪を触り、雨は不思議そうにしていた。

「この髪型では、ジュウ様のお気に召しませんか？」

「いや、俺がどうとかってことより、おまえが損してるんじゃないかと思ってな。まあそれなりにいい顔してるしさ。せっかくだから、もっとそれを表に出してみたらどうかなと。美夜だって、おまえのこと可愛いのに勿体ないって言ってたぞ」

美夜が言った、というのはウソだった。自分の意見を、あたかも第三者が発言していたかのようにする論法は、本当は好きじゃない。けれど、些細なプライドとそれを天秤に掛けると、プライドが僅かに勝った。

雨は、ジュウに言われたからこそ真面目に聞いていたが、髪型にあまり興味はなさそうだった。

基本的に、おしゃれへの関心が薄いのかもしれない。

恵まれた容姿を活かして楽しく生きよう、などという発想はまるでないのだろう。

「別に、自分で何かをして獲得したものではありませんので、誇ろうとも落ち込もうとも思いません」

それが堕花雨の、自分の容姿に対するスタンス。

それを揺るがすような言葉を、今のジュウは持っていなかった。

その悔しさが表情に出たのか、雨は慌てて付け加えた。

「もちろん、ジュウ様が髪型を変えろとおっしゃるなら、明日にでも変えてきますが……」

「……それでいいよ、そのままで」

彼女の正体、というには少々大げさだが、それを自分だけが知っているというのも悪くない、とジュウは思うことにした。

それは独占欲だろうか。

話はそこで終わり、二人はお茶を飲みながらテスト勉強を続行することにした。

すっかり雨のペースに巻き込まれていたジュウは、知らないうちに集中してしまっていた。

気がつくと、時刻は六時半を回っていた。

だがそろそろ帰る、というわけにもいかない。本題がまだだ。

どうにか試験対策に目星をつけたジュウは、それを切り出した。

「そろそろ教えてくれよ。俺に何を見せたいのか」

「では、用意します」

「用意？」

ジュウが首をひねっているうちに、雨はノートと教科書をテーブルの端にどけた。そうしてスペースを作ると、机の引き出しを開けて、そこから取り出した物を置いた。

それはノートパソコンだった。

「……これを見せたかったのか？」

まさか自慢じゃあるまい、とジュウが思っていると、雨はノートパソコンを開き、机の端にまとめてあったケーブルを接続した。

ジュウはパソコンにまったく無知なので尋ねたら、電話回線に繋いだということだった。

使わない時は机にしまっておく主義らしい。物が多いわりに部屋がごみごみしていないのは、彼女なりの収納術なのだろう。

「少しお待ちください」

雨はパソコンを起動させ、マウスを操作し始めた。

手持ち無沙汰になったジュウは、お茶の残りを飲み干す。冷えた苦みが、喉に心地良かった。それにしてもパソコンて何が楽しいんだろか、などとジュウが考えているうちに、雨は作業を終えた。

「これをご覧ください」

パソコンの画面をジュウに向ける。

最初、それが何なのかジュウにはよくわからなかった。

何かの写真。ピントもばっちり合っており、画像はかなり鮮明だ。まず全体像を把握し、それから細部を見て、ようやくジュウは何が写っているのか理解した。

途端、首筋に冷や汗が流れる。

「……これ、死体だな」

雨は無言で頷いた。画像は、無惨な死体だった。横向きに倒れた死体。顎は失敗した粘土細工のように歪み、顔全体は醜く腫れ上がり、何カ所か陥没していた。両目も鼻も潰れていた。その画像は上半身しか写っていなかったが、服装からそれが女性だということはわかった。あまり長時間見るのは避けたい、できればさっさと忘れたい画像だ。

どうして、雨はこんなものを見せるのか。

「これは、二週間前に起きた通り魔殺人事件の被害者の画像です」

「……なんだって？」

ジュウも詳しくはないが、そういった事件の写真などは一般に公開されないのが通例のはずだった。こんな惨たらしい写真を世間にさらされて、平気でいられる遺族などいない。

「資料によると、彼女は二十三歳。某出版社に勤めていたそうです」

「ちょっと待てよ。この画像はどこで手に入れたんだ？」

「ネットで拾いました」

雨が言うには、画像投稿掲示板というものがあるという。そこには盗撮紛いの画像が多数投稿され、事件や事故による死体の画像が投稿されることも珍しくない。

噂の「えぐり魔」の被害者らしき幼稚園児の写真が投稿されていたこともあったらしい。

両目をえぐり取られた幼稚園児の写真に、掲示板は大いに盛り上がったそうだ。

何が楽しくてそんなものを見るのか、ジュウにはさっぱりだったが、雨は度々そういう場所を覗いているようだった。

「悪趣味連中の溜まり場、みたいなもんだな。そこまではわかった。だが、その画像がどうして事件の被害者だとわかる?」

死体は、遺族でも判別が難しそうなほどの損壊状態。

「順を追って説明します」

雨の話を要約すると、こうだ。

連続通り魔殺人事件には、彼女もかなり以前から注目していた。他の殺人事件と同程度の興味でしかなかったが、ジュウに電車内で訊かれる前からもう、その犯人像についてもいくつか仮説を立てていたらしい。そうしてある日、行きつけの画像掲示板で偶然にこの画像を見つけた。

調べた結果、間違いなく被害者のものであるということもわかった。

「待て待て。だから、どうしてわかったんだ? どうやって調べた?」

映画じゃあるまいし、警視庁のデータベースをハッキングしたとかではあるまい。

半信半疑のジュウに、雨はパソコンを操作してもう一枚の画像を見せた。

「同じ日に、この画像も投稿されていたのです」

ある意味で、それは最初に見せられた画像よりも嫌なものだった。ジュウは無意識の内に手を口に当て、息を殺していた。怒気に近い何かが、腹の底からせり上がってきそうだった。

写真に写っていたのは、どこにでもいそうなOL風の女性。外傷はなく、服も乱れていない。

　でもそれは、最悪の画像だった。

　何と表現すればいいのだろう。

　絶望や狂気、そういったものが彼女の顔中に充満し、涙や唾液となって溢れ出していた。

　画像にぶれはなく、その顔を正面から捉えていた。

　必死に命乞いをしてくる彼女を、犯人は写したのだろうか。

　目を背けたくなるような、絶対隠しておきたいような人間の内面が、そこには写っていた。

　殺されるとなれば、絶対助からないとなれば、誰でもそうなってしまうのだろう。

　彼女は必死に、卑屈に、懸命に「助けてくれ」と懇願したに違いない。

　何度も何度もそうしたに違いない。

　その様子を写真に収めてから、犯人は彼女を殺したのだ。

　そして死体も、写真に収めた。

　それらの光景を想像するだけで、ジュウは吐き気がしてきた。

「最悪の趣味だな……」

　対照的に、雨はいつも通り平然と説明を続けた。

「被害者の女性の顔写真は週刊誌に載っていましたので、それで本人だと確認できました」

　週刊誌の切り抜きをジュウに見せる。

　どこにでもいそうな、平凡な顔立ちの女性だった。死体になった姿まで見ているジュウとしては、それすらもあまり気持ちのいい写真ではない。だから、淡々と説明を続ける雨の態度にはかなり違和感があった。

「……おまえは平気なのかよ、こういうの見て」

「平気、とは?」

「気持ち悪くなったり、腹が立ったりしないのかってことだ」

「それは、慣れてますから」

「慣れてる?」

「前世で多くの戦場を駆け巡ったときには、想像を絶する地獄絵図を何度も目にしてきました。山のように積み上げられた死体や、禿ワシに食い散らかされた死体。なかには、飢えた人間同士がお互いを食べようと醜い争いを繰り広げていたことなども……」

「……ああ、わかった。わかったからもう言うな」

雨が別次元に旅立ちそうだったので、ジュウは途中で止めさせた。

雨いわく、戦場に比べたらこんなもの、ということらしい。

便利な精神構造というか、たくましい妄想力というか。思い込みだけで、不快感や恐怖を克服できるのか。それとも、そもそもそれらは思い込みでしかないのか。

藤嶋香奈子の死体を見て以来、ジュウの胸の内に湧いた不快感は未だ消えてはいない。

「こういうのって、その投稿した画像から追跡調査とかできねえの?」

「難しいと思います。会社や学校、あるいは、ディスクの持ち込みを許されてるインターネットカフェなどに行けば、そこからも投稿できますから。犯人も、まさか自宅からこんなことをするほど迂闊ではないでしょうし」

「そこも疑問なんだよな。写真を撮るのは、まあわかるとしよう。けど、どうしてそれをインターネットで流そうとする？　わりと危ない橋なんじゃないか、そういう行動は」

「わたしが思うに、犯人はコレクターではないかと」

「何を集めるんだよ？」

「こういった『記念写真』をです」

被害者の写真を撮り溜める犯人の姿は、なるほど想像はしやすかった。

映画などでよく見かけるシチュエーションだ。

それらを眺めながら、殺した感覚を思い出す男。

犯人はよほど倒錯した変質者、なのだろうか。

「コレクターの心理とは、収集欲だけではありません。それを誰かに見せたいという気持ちと、それを誰にも見せたくないという気持ちが混在しています。全てを明かしてしまってはつまらないが、断片的には見せつけてやりたい。自分がどういうものを持っているのか、羨ましがらせてやりたい。他者の好奇心と興味を操作するような感覚、でしょうか。自分は秘密のコレクションを持っている。そうしたものを持っていること自体は明かしつつも、その内容に関しては全貌を明かさない。小出しに見せて、相手の欲求を刺激し、悦に入る。コレクターにはそうした心理があるそうです」

ジュウには、特に集めているものはない。昔は、変な形をした石などを集めていたこともあったが、もう捨ててしまった。それでも、雨の言うことはそれなりに理解はできた。

秘密のコレクションというのは、魅力的な響きかもしれない。

俺はこんな凄いものを持ってるぞ。

でも全部は見せてやらない。

子供じみてはいるが、あり得ない話ではないような気がした。

この画像に対するネットでの反応も、警察に通報されると掲示板の存続も危ういのでひっそりとではあるが、かなり大きかったらしい。犯人はさぞや満足だっただろう。

胸くそ悪い話だった。

パソコンを操作しながら、雨は犯人像を語る。

「殺害の手口から見て、犯人は男性でしょう。被害者は顔や胸部、さらに腹部や後頭部などを殴打されて殺されています。中には、首にワイヤーのようなものを巻かれて絞め殺された者もいます。犯人は何らかの鈍器の類いを使っていると思われますが、相当な腕力の持ち主。骨格のしっかりした、大柄な人間を想定できます。常日頃から肉体労働をしている者か、格闘技経験者か。気になるのは、ワイヤーのことです。殴って殺すという単純にして大ざっぱなやり方と、少し違うように思えます。確実に相手の息の根を止めようという意志が感じられるのです。これはわたしの想像ですが、犯人は二人組で、一人は腕力で被害者を殺し、万が一殺しきれなかった場合は、もう一人がトドメをさす、という役割分担ができているのではないかと。

もっとも、警察は単独犯だと断定しているようですが。何ら利益を生まない殺人行為を二人組で続けていると考えるのは困難ですから、それも無理はないでしょう」

雨はそこで言葉を区切り、パソコンの画面からジュウへと視線を移した。

「捜査に関してですが、警察はあまり当てにはなりません」

「何で?」

「事件が多すぎるからです」

主にテレビはバラエティー番組しか見ないジュウでも、それはわかる話。

ニュースでは、次々と発生する凶悪事件が連日報道されている。

両手両足を切り落とした死体の胸に「当選祈願」と血文字で書き、選挙事務所のダルマと置き換えられていた殺人事件。誘拐された女性の首だけが親のもとに宅配便で届けられた誘拐殺人事件。子供たちの間で流行し、ゲーム感覚で点数まで付けていたホームレス連続殺人事件。風変わりなところでは、一家五人が首を吊って自殺していたが、よく調べてみれば全員が何者かに毒殺され、その後で首を吊られていたという殺人事件。

連続通り魔事件にしても、各地でいくらでも起きていた。注目度が高いのは幼稚園児のみを狙った「えぐり魔」だが、それ以外にも改造銃による狙撃、あるいは有害な薬品をまき散らしたり、バイクではね飛ばすなど、バリエーションも様々だ。

たしかにそうしたものと比べれば、社会に与えた衝撃度からも、藤嶋香奈子の巻き込まれた通り魔事件はわりあい平凡なものに分類されてしまうのだろう。

警察も手を抜いているわけではないが、総力を挙げて捜査、というほど入れ込んでいるわけでもない。マスコミからも、この事件を深く追及しようという姿勢はとうの昔の消えてしまっているようだった。より目新しく、凶悪な事件に興味が移っていくのは仕方のないことか。

「嫌な世の中だな。まあ、わかってたことだが」

「ジュウ様は、犯人を捕まえたいのですか？」

「……俺が？　何でそう思う」

「この事件に興味を持たれているようでしたので」

「そりゃあ、クラスメイトが殺されたんだ。興味くらい持つだろ。でも、犯人を捕まえたいってのは、思考が飛躍しすぎだぞ」

「そうですか……」

納得とも落胆ともつかない表情の雨を見て、ジュウは内心で舌打ちした。

……すっかり読まれてるな、こっちの思考を。

堕花雨は妄想に片足を突っ込んでいるわりに、ジュウのことをよく見ているようだった。

それは彼女にとって都合のいい妄想で塗り固められたものではあるが、完全に見誤っているというわけでもない。

前髪の隙間から覗く鋭い瞳は、ジュウの本心を見抜いているようにも思えた。

それは、ジュウの気持ちを理解している、という意味にもなるのか。

「前に、おまえ美夜に言ったよな。結論を出すのがいいとは限らないとか何とか。あれ、どういう意味だったんだ？」

　彼女に見つめられるのに耐えられず、ジュウは話題を変えた。

　その意図を汲んだのか、雨はいつもの口調で答える。

「結論とは、何でしょう？」

「答えだろ」

「では、答えとは？」

「禅問答をする気はねえよ」

「これは、別に達観して言っているわけではありませんが、人生は悩むことだとわたしは思います。だから、生きているうちはまだ過程であり、結論も答えもない」

　首をひねるジュウに、雨は続けて言う。

「たとえば、自殺をする人たちは、なぜ死ぬと思いますか？」

「そりゃあ辛いからだろ、現実が」

「そう。辛い現実から逃れる方法として、彼ら彼女らは死を選んだ。そういう答えを出した。そういう結論を出した。答えや結論を出すというのは、その先がないということです。もう悩まないということです」

　雨はあのとき、美夜にこう言った。

　答えが出てしまうのは、怖いことでもあると。

「答えが出てしまった者には、迷いはありません。ただ進むのみ。その選択肢が本当に正しいかどうかなど関係ない。何しろ、もう答えが出てしまっているのですからね」

「おまえはどうなんだ?」

「わたしも、答えは出ています」

柔沢ジュウに従う者として生きる、というのが堕花雨の答えか。

ジュウは、それを信じていいのか。

自分の答えは出たと言いながら、そうしたことは怖いことでもあると指摘する雨は、矛盾している。だがそれを、ジュウは指摘しなかった。いつも中途半端な自分がそんなことを言うのは、おこがましいと思ったからだ。

少なくとも、堕花雨の方が自分よりも遥かに多く考え、深く悩んでいる、はずだ。

ほんの少しだけ彼女の内面が知れたようで、悪い気分ではなかった。

「おまえ、人を殺したいと思ったことはあるか? ちなみに、俺はある」

「ジュウ様の敵であるなら……」

「そうじゃなくて。堕花雨個人としてはどうかって訊いてるんだ」

「そうした感情を抱いたことは、今まで経験がありません。でも……」

「ん?」

「もしもジュウ様が誰かに殺されたら、わたしはその者を殺すでしょう」

静かな断言だった。それがウソではないことが、ジュウにはわかる。

彼女のそういう部分がジュウは嫌いで、でも、少しだけ気に入ってもいた。

この思考は保留だ。

時間を見ると、もう七時近かった。そろそろ帰った方がいいだろう。一緒に夕飯でも、などと言い出される前に、ジュウは帰ることにした。雨の父親と対面することにでもなったら困る。

「いろいろ世話になったな。おまえ、勉強の教え方うまいよ」

鞄を持って立ち上がるジュウを見て、雨は素早くパソコンを操作した。

それを終えてから、ジュウの目をじっと見つめる。

「ジュウ様は犯人を捕まえるつもりかと思っていたのですが、そうではないと聞き安心しました」

「そんなことするかよ。面倒くさい」

「それが賢明です。無用な危険は避けるべきです」

雨は、ジュウの身に危険が及ぶようなことを喜ばない。それを避けるように配慮することが従者の務め、と思っている。だから、これ以上ジュウを事件に関わらせないために自粛していたのだろう。ジュウの口から否定する意志を聞き、雨はそれを信じた。だから、基本的にジュウに対して隠し事はしない彼女は、最後の情報も公開することにした。

「これは、お見せするかどうか迷っていたのですが……」

雨はもう一枚の画像をジュウに見せた。

パソコンの画面に映っていたのは、引きつったような顔で涙と鼻水を流す少女。

藤嶋香奈子だった。

第5章　秘密工作員

期末テストが近い、という状況はジュウには都合が良かった。この時期は、あまり学生は出歩かない。顔見知りに会う可能性が低く、無用な詮索を避けられる。

学校から帰ると、ジュウは身軽な服装に着替えて街に繰り出した。

目的地はない。街に用があるわけではない。街を徘徊する男に用があるのだ。

ジュウは、犯人を捕まえることにした。

あの日、堕花雨の家に招かれ、あの画像を見せられるまではあやふやだったその思いが、今は確定している。

ジュウが事件に関わらないと聞いて安心した雨が、最後に見せてくれた画像。

藤嶋香奈子の死ぬ間際の顔。

そこにはドラマなどで見る演技ではない、本物の悲痛さがあった。

みっともなく泣き喚き、苦しみ、不様に命乞いをする顔。

自分の知っている人間がそういう極限状況に追い込まれ、殺された。

その様子を撮影し、コレクションしているであろう犯人が、ジュウは許せなかった。

どうしても許せなかった。

絶対に見つけて、この怒りをぶつけてやらなければ気が済まなかった。藤嶋香奈子のためだけではない、と思う。自分自身の、納得のためだ。無論、このことは誰にも相談していない。雨にも、しばらくつきまとわないように厳命しておいた。理由を訊かれたので、女と会ってる、とジュウは言ってやった。デートだから邪魔するなと。雨は怪訝そうな顔をしていたが、一応は頷いた。

ジュウは、まだ彼女のことを少し疑っていた。アニメ誌やオカルト誌に紛れて、彼女の本棚には「殺人技術大全」なる本も収められていたのだ。

堕花雨は犯人の片割れで、あの画像を見せたのも何かの牽制の意味があったのではないか。この件には関わるなと言外に警告しているのではないか。

そうした疑いが、未だにジュウの中には燻っていた。頭の中がいろいろとゴチャゴチャしている。

この件が片づけば、自分の気持ちにも、人間関係にも決着がつくような気がした。

ジュウは、当て所もなく夜の街をさまよい歩いた。

ただの学生に過ぎないジュウには、何の情報源もなく、人手が借りられるわけでもない。ど素人の、しかも一人での捜査などたかが知れている。偶然と運にしか頼れない自分の不甲斐なさに苛立ちながらも、ジュウは諦めなかった。

それにしても、あまりにも手がかりがなさ過ぎた。何か思いつくことはないかと、ジュウは歩きながら考え続けた。事件の起こりそうな場所ならいくつか知っている。そういうことをしそうな人物も何人か知っている。しかし、そのどれも今回の件とは関わりなさそうだった。

犯人はどんな奴で、何を考えて人を殺すのか？

以前に雨の言ったことを思い出しながら、ジュウは推理してみた。犯人は何らかの使命感を持っているのではないか。利益のない殺人を続けるには、そうした理由があるのではないか。だとしたらどんな使命感か。異常者の気持ちなどわかるはずもなく、ジュウは思考の道筋がまるで見えてこなかった。いつもならそこで思考を停止するところだが、今回は違う。

ジュウは考え続けた。無駄と知りながら、犯人の思考のトレースを試みる。

それを思いついたのは、連日深夜まで続いた犯人捜しで疲れたジュウが、二十四時間営業のファミリーレストランで一息ついているときだった。三杯目のコーヒーを飲みながら、雨の家で勉強して以来、まったくテスト勉強をしていないことを思い出し、気が重くなった。それを紛らわすように窓の外に目をやると、無数の雨粒が生き物のようにガラスを伝って流れ落ちるのが見えた。

梅雨が明けるのは当分先だろう。二日前も豪雨で、また連続通り魔事件があった。

ジュウが調べていた場所とはまるで方角の違う場所であり、それがさらに気分を重くした。

自分のしていることは無駄ではないか、とわかっていたことを再確認させられる。

それでもやめられない。

退くに退けない意地のようなものが、心の何処かにあった。

授業中、ふと視線を向けた先には、今はもう無人となってしまった座席が一つ。今学期が終わるまでは、藤嶋香奈子の席はそのままにしておくらしい。死んだからといってすぐに席をなくすのは薄情だ、という学校側の配慮だろうか。彼女の席は教室の真ん中辺りにあるので、嫌でも目につきやすい。否応なしに彼女の永久の不在を思い知らされてるような気がした。

それはジュウだけなのか、他のクラスメイトはそれほど気にしている様子はなく、美夜にしても、気持ちの切り替えはもう済んでいるようだった。彼女を殺した犯人を見つけてやろうと考える者など、他にはいないだろう。

店内の客を見回しながら、ジュウは考えた。

犯人は被害者の写真を撮るので、怪しいのはカメラの所有者ということになるが、今やカメラを所有してないジュウのような者の方が少数派らしかった。試しに美夜に訊いてみたところ、彼女は普通のカメラもデジカメも持っており、他のクラスメイトたちもたいていは持っていると教えてくれた。カメラは、犯人を捜す手がかりにはならない。

何か犯人を見分ける方法か、犯人の行動パターンを読む方法はないだろうか……。

窓の外を、傘を持たない人たちが足早に通り過ぎていく。サイレンを鳴らしたパトカーも数台走っていった。何か事件が起きたのだろう。事件が増加し続けるのは、世の中の構造に何か致命的な欠陥があるからだろうか。それとも、致命的な欠陥があるのは人間の方だろうか。

外の様子をぼんやりと見つめながらコーヒーの苦さを味わっていると、ジュウは妙なことを思い出した。

幼い頃は、雨は神様の意志で降らせたもので、何らかの意味があるものだと信じていた。ただの自然現象に、自分勝手な妄想を押しつけたりしていた。辻褄が合っているとか、筋が通っているとか、そういうことは気にせず、ただ無邪気に想像の羽を広げるのだ。

無意味なことに意味を見つけ、何でもないことにルールを定めた。

ジュウも自分だけのルールをいくつも作り、当時はそれを守っていた。

小さな水たまりは飛び越える、うがいは三回する、靴は左足から履く……。

誰かに強制されたわけでもない、自分で決めた自分だけのルール。

年を経るにつれて忘れていったルール。

カップの中のコーヒーを飲み干し、苦みが口から消え去ろうとしたとき、ジュウは自然と思考に集中している自分を感じた。次第に、その感じているという部分さえあやふやになり、思考だけになる。自分が思考するのではなく、思考が自分を呑み込む。

二日前の事件は、雨の日に起きた。

藤嶋香奈子が殺されたのも雨の日だった。

これは偶然か。偶然でないとしたら、どんな理由がある？

たしかに雨の日は悲鳴などが聞こえにくいので、通り魔殺人には適しているだろうが、それだけが理由ではないはずだ。

堕花雨の意見にあった、使命感という要素。

雨の日と使命感。自然現象と自分勝手なルール。

雨の降る日は人を殺さなければならない使命感、というのはどうだろう。ただの雨を、たとえば神様からの命令と解釈する異常性は、事件の残虐さと繋がらないだろうか。

ジュウはそこで一端思考を打ち切り、店を出た。この推理が正しければ、今夜も誰かが死ぬはずだ。その前に犯人を見つけてやる。

だが、そんなジュウの意気込みに水を差すように、雨はしばらくしてやんでしまった。後には、雲間にぽっかりと浮かぶ月。

それを恨めしそうに見上げながら、ジュウは家に帰った。

翌日、ジュウは学校から帰ると、すぐに家の近くの区立図書館に向かった。ここ一カ月ほどの新聞を閲覧し、自分の推理が的はずれではないことを知る。連続通り魔殺人が起きたのは、ほぼ全てが雨の日だったのだ。ほぼ全て、という点に一抹の不安は残ったが、手がかりにはなるだろう。

犯人は、雨の降った日に人を殺す可能性が高い。それは確かだ。

そうなると、急に雨の日が待ち遠しくなった。そして、胸の重さが増した。

雨の日、という点が引っかかる。堕花雨が関係しているのではないか、という疑惑が、より色濃くなったような気がしたのだ。

ジュウは学校で彼女と会ってもよそよそしくなり、一緒に下校をすることもなくなった。

理由を訊かれたら、女と約束があると誤魔化した。

そう言うと、雨は不思議なほどあっさり引き下がるのだ。

そこにどんな心理が働いているのか、ジュウにはわからない。

「ジュウ君、ちゃんとテスト勉強してる？」

「してない」

「そんな堂々と……」

「俺のことはいいから、おまえは自分の世話だけ見ておけ」

美夜のことも適当にあしらい、ジュウの深夜の犯人捜しは続いた。

しかし、雨の日との関連がわかってから五日が経ち、期末テスト二日前になっても事態に変化はなかった。その間に雨が降ったのは一日だけ。その一日にもやはり事件は起きたが、ジュウの捜していたのとは違う場所だった。ほとんど偶然に頼っているのだから、犯行現場に遭遇できないのも当然ではある。

よく考えれば、警察だって雨の日と事件の関連性など、とっくに気づいているはずだ。

それでも犯人が捕まっていない。それは警察の怠慢なのか、ひょっとするともうかなりの部分まで捜査は進展しているのか、ジュウの行動など完全に無意味なのか。

一人の限界を身に染みて感じながら、ジュウは期末テスト前日を迎えた。

「ジュウ様、今日もやはり？」

「ああ、約束がある」

放課後、教室まで迎えにやってきた雨を、ジュウはなるべく冷たくあしらった。

非難の込められた美夜の視線は痛かったが、仕方がない。

雨に対するジュウの疑念は、まだ完全には払拭(ふっしょく)されていないのだ。

二人から逃げるように下校し、家で着替えると、ジュウはいつものように街に繰り出すことにした。

明日からは期末テスト。それが終わってしばらくすれば、もう夏休み。

この捜査を夏休み中も続けるかどうか、ジュウは迷っていた。やめるのは簡単だが、本当にそれでいいのか。自己満足から始めた行為だったが、ここでやめたら気持ちの決着がつきそうになかった。また中途半端で終わってしまう。

「結局、俺は街をふらついてただけかな……」

空を見上げれば、ささやかな雲があるばかりで、雨は降りそうもない。天気予報では降水確率六十％だったので期待していたのだが、どうやら運にも見放されたらしい。

ため息をつきたいのを堪(こら)えながら、ジュウは肩を落として街を歩き続けた。

単なる思い込みだけの使命感という点では、自分も犯人も似たようなものかもしれないと苦笑しながら。

時刻は午後十時を回り、街はすっかり夜の姿へと変貌を遂げていた。

こっちの方が昼間より活気があると、ジュウには思えた。夜は寝静まる時間でありながら、どこか心を掻き立てる時間でもある。空気の成分さえも、昼と夜とでは違って感じられた。昼の空気は体に活気を与え、夜の空気は心の底にまで染み込む。

繁華街を通り抜けながら、ジュウは周囲の人混みにそれとなく視線を走らせた。カップルが多い。年配のサラリーマンと女子高生、黒人と女子大生、何人も女を侍らせた巨漢。その筋の人間と一目でわかる男は、無知であることを顔中に表した女子中学生を五人も連れていた。この中の何人かは、確実に犯罪を犯していることだろう。

人を殺した奴だっているかもしれない。そいつらを放置して、連続通り魔の犯人だけにこだわる自分は、やはり自分勝手な人間なのだ、他の大勢と同じく。

何人か険悪そうな視線を飛ばしてくる輩はいたが、ジュウはそれらをやり過ごした。

巡回中の警察官の、何と心細そうなことか。凶悪犯罪の増加に比例して、警察官の死亡率も上がっているという話だ。腰に吊した銃を持ってしても、安心できないのだろう。

公僕も大変だな、などとジュウが思っていると、懐の携帯電話が鳴った。液晶には、相手の名前が表示されていない。公衆電話か非通知か。取り敢えず、出てみることにした。

「もしもし?」

耳障りな雑音に混じって、電話の向こうから声が聞こえた。

『……コウエン……』

「えっ? 何だって?」

『……コウエン……』

繰り返される同じ言葉。しかもその声は、ボイスチェンジャーを使っているらしい変な声。呪いや幽霊などを信じる者なら恐怖を感じるところかもしれないが、ジュウはそういう現象にまったく関心がなかった。

電話の相手は人間に決まっている。

「もしもし? あんた誰だ? どうして俺の番号を知ってる? こうえんて、何のことだ?」

それらの質問には答えず、電話は一方的に切られた。

通話口を見つめながら、ジュウは首を捻る。

ジュウの電話番号を知る人間は、特に限られているというわけでもない。入学早々に先輩連中と揉めた際に、喧嘩上等、いつでも挑戦を受ける、という意味を込めてこちらから電話番号をばらまいたり、黒板に書き殴ったりしたこともあるのだ。かかってくる電話は喧嘩の誘いだけでなくイタズラ電話も多かったが、面倒なので未だに番号は変えていなかった。番号を入手するのは簡単だろう。警察の事情聴取を受けたときに教えられたが、あの藤嶋香奈子の携帯電話にもジュウの番号が登録されているという話だった。

だが、いかに事件について調べているとはいえ、あの世から藤嶋香奈子がジュウに電話をしてくることなどあり得ない。

今のは、ただのイタズラ電話なのか？

普通に考えればそうとしか思えないが、何かが引っかかった。

こうえん、というのは、公園のことだろう。

それに何の意味がある？

そういえば、とジュウは裏通りに目を向けた。この近くに、わりと大きい公園があったことを思い出す。茂みが多くて見通しも悪い公園。リンチの場所には打ってつけで、それを知ってか、夜には一般人はあまり寄りつかない場所だった。

あやふやな気持ちのまま、ジュウは裏通りに入っていった。

街灯も少ないこういう場所は都内に結構な数があり、ジュウは今までにもそこらを定期的に回っていた。その成果は、小学生に薬を渡そうとしていた売人（ばいにん）を追っ払ったことくらい。こういう場所がなくならない不思議さは、おそらく人の心から闇（やみ）を一掃（いっそう）できないのと似ている。

公園の入口に着くと、そこには「痴漢（ちかん）にあったら大声を出そう」という薄汚れた看板が立てかけられていた。何の効果があるのだろう。自殺の名所に「命を大事に」という看板が置かれるのと同じか、と思い、ジュウはそのくだらなさを笑ってみた。

電話の言葉を何かのヒントと信じて足を運んだ自分のことも、ついでに笑ってみた。

そんな上手くいくわけがないよな……。

だがそのとき、自分の笑い声以外の声が、何処かから聞こえた。口を閉じ、ジュウは耳を澄ませた。蝉などの虫の鳴き声、猫の鳴き声、通りを走る車の音、吹き抜ける風の音、それらに混じって、か細い人の声が聞こえた。ジュウはざっと辺りを見回し、それが公園の中から聞こえるものだとわかった。

看板を思い出す。痴漢やら強姦魔やらが、このへんにはよく出没するのだろう。

自分には関係のない話だが、ジュウはそういったものを見過ごせない性格だった。

ジュウは足音を殺して公園に入ると、茂みに近づき、木々をかきわけて奥へと進んだ。

慎重に近づいたのは、もしレイプでも行われていた場合は背後から犯人を殴り倒すためだ。

そういう奴は、追い払うより殴ってやった方が本人のため。

音源を探りながら進んでいくと、草を踏み潰して作られた少し広い空間に出た。

そこには人影が一つ。

……あれ？

予想と違う光景に戸惑ったジュウは、次の瞬間、目を剝いた。

一人、ではない。地面にもう一人、倒れている者がいた。公園の街灯が木々の隙間から弱々しく射し込み、その場の光景を僅かに照らし出していた。倒れているのは、サラリーマンらしき年配の男。顔全体が赤く染まった状態で、ピクリとも動かない。その赤さはペンキか何かのもので、これは悪質なイタズラかもしれない、という楽観的な想像はできなかった。

確かめるために、ジュウは茂みから一歩踏み出した。その音に、人影が振り返る。薄暗い中でもよくわかる、大柄で若い男だった。スポーツウェアのような物を着ていたが、胸の部分が赤く汚れ、それは男の口元にまで及んでいた。

ジュウは素早く視線を走らせる。身長は自分と同じくらい。体重は向こうが上だが、脂肪ではなく筋肉。両手の指にはめている鈍い光沢を発した金属は、メリケンサックというやつだろう。

体格の良さに物を言わせ、力ずくで相手を殴り殺しているということか。

ジュウは少し笑ってしまった。

……まさかこいつが、犯人？

なんと単純な人物だろう。

こんなわかりやすい犯人が、一連の通り魔殺人事件の犯人なのか。

こんな奴に、藤嶋香奈子は殺されたのか。

真っ当な常識人で生真面目な性格だった彼女は、こんな奴に殺されたのか。

くだらない、何てくだらない事実。

このまま問答無用でも良かったが、ジュウは一応訊いてみることにした。

心臓がバクバクとうるさい。

興奮しすぎて声が出るかどうか不安だったが、ちゃんと出た。

「……あんた、ここで何してる？」

「もう安心だ」

「えっ？」

返事の内容も意外だったが、男の反応が思いのほか冷静なことにジュウは驚いた。殺しの現場を見られたというのに、動揺する素振りもない。男の様子は、むしろ誇らしくさえ見えた。

「君は民間人だね？　任務は無事に終わったから、もう心配ないよ」

男が近寄ってきたので、ジュウは身構えた。

それを見て、男は苦笑を浮かべた。

「混乱しているようだな。すまない。ちゃんと説明しよう」

場所を移動したことで街灯から射し込む光量が増し、男の顔がよく見えた。

歳（とし）は二十代後半くらい。さっぱりした清潔感のある顔立ちであり、二枚目といっていい容姿だった。背広を着てネクタイを締めれば、エリートビジネスマンにも見えるだろう。

金にも女にも不自由しそうにない雰囲気（ふんいき）がある。

……こいつが犯人、だよな？

ついさっきまであった確信が、ジュウの中で揺らいだ。

男は足元に脱ぎ捨ててあった自分の上着に手を伸ばし、何かを取り出した。それをジュウの方へと軽く放り投げる。

ジュウが何となく受け取ってしまったそれは、黒い革製（かわ）の手帳だった。

「僕は政府の秘密工作員でね。今、ちょうど任務を終えたところなんだ。本当は極秘なんだけど、見られたら説明しないわけにもいかない。僕の身分はそれに記されているから、確認してくれ。それで君の誤解も解ける。ただし、この件は一切口外しないでほしい。いいね？」

「は、はあ……」

曖昧に頷きながら、ジュウは手帳と男の顔を交互に見比べた。

どうにも緊張感が緩んでしまった。男の冷静さは演技ではないようだし、となると事件とは無関係なのか。それならば、倒れた会社員の死体をどう説明するのだろう。

あれは死体ではなく、ただの人形で、これは何かのイタズラ、テレビか映画の撮影？

男に焦っている様子はない。政府の秘密工作員とかいう話は信じがたいが、それも急な思いつきでしゃべっているようではなかった。

とにかく男の言うとおり、手帳を開いて見ることにする。

ジュウはページをパラパラとめくった。

しかし、中身は全て白紙だった。

「あの、これ……」

ジュウの言葉が途切れた。頭に重い衝撃が走り、平衡感覚が僅かに狂う。それが痛みに変換されるより速く、ジュウはほとんど本能で後ろへ飛び退いていた。鼻先を、何かが通り過ぎていった。その風圧で前髪が煽られ、ジュウは肝を冷やした。

よろけながら後退し続けるジュウに、形を持った凶気が襲いかかる。顔面に迫ってくるそれに対し、ジュウは反射的に左腕をかざした。

「ぐっ！」

鈍い音と痛みが体内を走り抜け、脳から分泌されるアドレナリンが意識を明確にする。

地面を転がるようにして、ジュウは茂みから抜け出した。柔らかい土から固い土へと地面の感触が変わり、街灯の光が辺りを照らしていた。

視界が広がったことで余裕を取り戻し、ジュウは左腕を押さえながら立ち上がる。

「くそ、骨までいっちまったな……」

ジュウに続いて茂みから出て来た男には、今の攻撃に対する興奮など微塵も窺えなかった。

まったく普通の足取りで、ジュウの正面に立ち止まる。上着を肩に担ぎ、手にはジュウが落とした手帳を持っていた。ここまで明るければわかる。今まで喧嘩で何度も目にしてきたジュウには、よくわかる。男の胸や口元を汚している赤い染みは、飛び散った血だ。

「僕の素姓はわかってくれたと思う」

落ちた手帳を上着のポケットに仕舞い、男は言った。

「君のような存在を、人類の敵を消すために政府に雇われた工作員なんだよ、僕は」

男の話を聞きながら、ジュウは左腕の痛みを感じないように意識を整理し、呼吸を整えた。

手帳に視線を落とした隙を狙って、いきなり殴られたのだ。

何が身分を証明する手帳だ。ただの奇襲の道具じゃないか。

そんなものに引っかかった自分の馬鹿さ加減に、ジュウは腹が立った。

「人類滅亡を企む君たちのような邪悪な存在を、僕は許すことができない。これは神の制裁と考えてもらっていい。人々の幸せのため、僕は戦う」

その目つき、その口調、その雰囲気、その思想から、ジュウはこの男がどういう人間なのかほぼ理解できた。

なるほど、いかれてる。

理路整然とウソをつける。妄想を真実として話せる。自分の中にある矛盾にはまるで気づかない。そういう人間だ、こいつは。

手帳の件も、きっとこいつにとっては真実なのだろう。

こいつの目には、ただの白紙が政府公認を示す身分証に見えているのだろう。

不気味なほど純粋な輝きを放つ瞳は、ジュウを人類の敵として映していた。

罪悪感など、この男の中には存在しない。何人殺しても胸が痛まない。

正義のために殺してきたと、誇らしく、本気でそう信じている。

こんな奴が犯人。

ジュウは虫唾が走った。

「君は、さっきの男の仲間だな？　助けに来たようだが、僕に会ってしまったのが運の尽きだ。おとなしく処分されなさい」

こんな奴の妄想に、藤嶋香奈子は殺された。

こんな奴に、こんなどうしようもない奴に。

呼吸を正常に戻したジュウは、感情の高ぶりが全身に伝わっていくのを感じた。

そして呼吸が、再び速くなっていく。

今度は意図的に、これから爆発するために。

「……あんた、たくさん人を殺してきたろ？　人が死ぬってのがどういうことか、わかるか？」

「命乞いのつもりかな？　それとも時間稼ぎか？　追い詰められると、みんな同じことをするものだな」

男の苦笑を無視して、ジュウは続けた。

「死ぬってのは、この世から消えることだ。どこにもいなくなることだ。この意味、わかるか？　本当にわかるか？　たとえこの世の富と権力を全て手に入れても、死んだ人間は戻ってこない。絶対に戻ってこない。この意味が、あんたわかるか？　わかるのか？」

ジュウは後悔していた。

藤嶋香奈子と、もっと話しておけば良かった。

中途半端な俺が嫌いだというあいつのことを、俺はわりと気に入っていたのだ。

あいつの正論が、生真面目な姿勢が、俺は好きだった。

もっと、もっとたくさん話しておけば良かった。

死んでしまったら、もう文句を言い合うこともできやしない。

その髪の色、何とかならないの？

柔沢、掃除当番さぼるな！

どうしてそんなにだらしない奴なのよ、あんた。

文句ばかり言われたその声が、まだ耳に残っている。

「何で殺した？　何で、あいつを殺した？　あいつは、藤嶋は、翻訳家になるのが夢だったんだぞ！」

「何をそんなに興奮してるのかな？」

激高するジュウとは対照的に、男はまったくの平静だった。

「僕が君たちを処分するのは、任務だからだ。これは正義のため、人類のため」

「……ああ、そうかい」

謝罪を求めても無駄。殺人行為の是非を問うても無駄。

ジュウは腹が据わった。逃げようとか、大声で助けを呼ぼうとか、警察に連絡しようとかいう考えは、まったく浮かばなかった。

左腕は動かないが、関係ない。

最初の奇襲で額が割れ、いくらか出血しているが、それも関係ない。

行動を起こす前に、どうしても確認しておくことが一つ。

「おい、雨！　いるか！」

公園中に響くように、ジュウは叫んだ。

この声を聞いて無関係な人間が来たら面倒だが、気にしている場合ではない。

「雨、隠れてるなら出てこい！　俺の前に姿を見せろ！」

周囲から新たな人影は、現れなかった。

公園に静寂が戻る。

……あいつは無関係か。

これで心配事が、一つ減った。

「何だね、君？　今のは、雨がどうしたって？」

「堕花雨、知ってるか？」

「おちばなあめ？」

困惑する男に、ジュウはニヤリと笑いかけた。

「あんた、政府の秘密工作員だってな？　そんじゃ俺も正体ばらすけど、実は前世で王様だったんだ。大陸中を駆け巡り、各地を征服して回った覇王ってやつだ。カッコイイだろ？　剣と魔法が乱舞し、怪物たちが闊歩する世界を暴れ回った。今はこんな普通の高校生やってるけど、いつか前世のように世界を征服してやるよ。かつての栄光を再びこの手にってわけだ。堕花雨は、俺に付き従う存在。共に歩み、野望を果たすために力を尽くす俺の騎士だ。さあ、政府の秘密工作員さん、俺を止めてみろ。正義のために俺を止めてみろ。受けて立ってやるから、かかって来い！」

男は、理解できないというふうに頭を振っていた。

哀れみさえ込めてジュウを見つめる。

「……かわいそうに。君は狂ってるね」

「みんな狂ってるさ。狂ってるから気づかない。この世界がどれだけ歪んでいるのかに」

ジュウの意識と口は乖離し始めていた。意識は目前の男に集中し、口は溢れる感情を言葉に変換して紡ぎ出す。両足がガタガタと震え、殺人鬼を前にした恐怖と、これから起こる事への興奮が、体を衝き動かそうとする。さっき電話をしてきたのは誰で、何が目的だったのか。それらの疑問は頭の隅に追いやられていた。細かいことを考えるのは後でいい。

男は上着を捨て、構えた。鍛え上げられた上半身、重心の安定した下半身、それでいて軽やかなフットワーク。拳を握り、顔を守るように構えるそれはボクシングスタイル。

さっきの攻撃からもわかる通り、男は格闘の素人ではない。

対するジュウは、格闘技は未経験。その構えもケンカスタイル。

ジュウは一気に駆け寄った。我慢できなかったのだ。

一分一秒でも速く、こいつをぶっ飛ばしたい。

真正面から迫るジュウを、男は拳で迎撃。左ジャブで動きを止められ、右ストレートが顎を打ち抜き、さらに右のボディブローがジュウの腹をえぐった。見事なコンビネーション。それでもジュウは倒れなかった。眼の奥で火花が散る。苦し紛れに振り回した拳をかわされ、再び右ストレートをまともに喰らった。よろけながらも小走りで後退し、ジュウは男と距離を取った。追撃してくるかと思ったが、男はジュウを冷静に観察しているようだった。

奥歯が一本折れた。内臓は平気だ。顎は痛むが、骨まではやられてない……。

自分のダメージを分析しながら、ジュウは男を睨みつけた。

男は普通の強さではない。喧嘩の場数を踏んでいるジュウだからこそ、男の強さがよくわかった。恵まれた体格と練習で身につけた動き、そして、こいつにはためらいが全くない。

人間なら誰でも無意識のうちにしてしまう手加減を、こいつはしていない。

殺人鬼だから当たり前だ。こいつは、俺を殺そうとしているのだ。

犠牲者を増やしていく過程で、男の殺人技術も自然と上達していったのだろう。無理をせず、効率よく殴り殺す方法に慣れているようだった。

男から喰らった打撃は、普通ならどれも即死しておかしくないものばかり。メリケンサックによる一撃は、想像以上に効いた。ハンマーで殴られるようなものだ。これがそこらの高校生なら、とっくに死んでいることだろう。最初の奇襲の時点で終わっているはずだ。

しかし、ジュウは生来打たれ強く、回復も早い方だった。母親以外の相手には、殴り負けたことがない。大勢にめった打ちにされたこともあるが、その時も相手全員を返り討ちにしてやった。

おまえのタフさはわたしの血だな、と母親は言った。

理由はどうでもいいが、ジュウは自分の体の頑強さに感謝した。

折れた奥歯を舌の上で転がしながら、全ての意識を男に向け、それ以外を遮断していく。聞こえるのは自分と男の息づかいと、心臓の音だけ。公園の景色も視界から追い出し、男の動きに焦点を搾った。吐き気がしそうな頭と腹の痛みも、意識から追い出した。

あと三回も殴られたら意識を失ってしまうかもしれない。そうなったら殺される、ここで終わる。男がすぐに追撃してこないのは、おそらくもうジュウを殺すまでの算段ができているからだろう。腕力と技術は向こうが上で、凶器も持っていて、人殺しの経験も豊富。

そこで、ジュウは考えるのをやめた。

あとは本能に任せる。どうなっても悔いはない。

ジュウは腹の底まで息を吸い込み、再び、全速力で男に駆け寄った。

そして、迎撃の体勢を固める男の顔を目掛けて吹きつけた。

折れた奥歯を。

それが男の右目に当たったのは最高の幸運。生まれたのは一瞬の隙だが、それで十分だった。ジュウは思い切り膝を曲げて腰を沈め、溜まったバネを爆発させた。ジュウの頭が、男の顎を真上に打ち抜いた。全身を使ったその威力に男の体は僅かに宙に浮き、しかし、倒れはしなかった。

見た目通りの耐久力。顎を押さえて呻く男を視界に収めながら、ジュウは素早く腕時計を外し、右拳に巻いた。

昔、母親が買ってくれたものだ。

聞いたこともないメーカーで、不格好な代物だが、頑丈さだけは素晴らしい一品。

ほとんど鋼鉄でできている時計。

ジュウは上半身を豪快にひねり、時計を巻いた右拳を男の顔面に叩き込んだ。普通なら、こんな素人のパンチを喰らいはしないだろう。だが今は、顎の痛みに動揺する今だけは、そのチャンスがあった。メキメキという音が、ジュウの拳から伝わってきた。

命中箇所からして、鼻骨と前歯が折れたらしい。

「ぐあぁぁぁぁっ！」

悲鳴とともに大きく開かれた男の口に、ジュウはもう一発叩き込んだ。

さらに歯が砕け、ジュウの拳は半ば男の口の中に入り込んだ。

血の糸を引きながら拳を戻すと、折れた歯が何本か手の甲に刺さっていた。

「がっ、ぐっ、あぐぅ……」

顔を押さえながら地面をのたうち回る男を見下ろしながら、ジュウはさらに拳を振り上げたが、それは使われなかった。

犠牲者と同じ目に遭わせるというのが筋なのかもしれない。しかし、何かがそれを思い留まらせる。こんな奴、死んでも当然なのに、捕まったらどうせ死刑だろうに、殺せない。

自分の覚悟のなさに舌打ちしたい気分だったが、どうにもならなかった。

仕方がなく、ジュウは携帯電話を取り出した。警察に電話をして、あとの処分は委ねるべきか。ことの経緯を説明するのが難しそうだが、適当な理屈を考えよう。

携帯電話を握るジュウが男から意識を逸らしたのは、ほんの数秒。その数秒のうちに、怒りに燃える男の目はジュウの姿を捉え、その拳は握られていた。電話を耳に当てたジュウに向け、狂気を解き放つ。

それに気づいたジュウが目を大きく見開いた瞬間、ゴツンという鈍い音が響き、男は崩(くず)れ落ちた。顔から地面に激突し、そのまま立ち上がらない。

ヒクヒクと痙攣(けいれん)をくり返す男の様子を見てから、ジュウはゆっくりと視線を上げた。

そこには、両手でコンクリート製のブロックを持った堕花雨が立っていた。

「お、おまえ……」

「ジュウ様、ご無事ですか？」

「何でここにいる？　どうしてここがわかった？」

「前世の絆(きずな)です」

微笑(ほほえ)みとともにそう答え、雨はブロックを地面に置いた。そして、蹴飛(けと)ばすようにして男の体を仰向(あおむ)けにすると、その瞼(まぶた)を指で強引に開き、瞳孔(どうこう)を確認した。

「死んではいません。失神、というやつですね」

ジュウに襲いかかろうとした男の背後から、コンクリート製のブロックで後頭部を一撃だ。

死んでもおかしくはないそれを躊躇(ちゅうちょ)なく実行した雨の決断力は、相変わらずだった。

ジュウの敵には容赦(ようしゃ)ない。

僅かに赤く染まったブロックを見て、ジュウは唾(つば)を呑み込んだ。

「これは、茂みの近くに落ちていたものです。誰かが何かに使った後、放置されたものなのかもしれません。物騒(ぶっそう)な世の中ですね」

雨はしれっとした顔で、ブロックについて説明した。そうしながらも、あらかじめ用意していたのか、ナイロン製の紐のようなもので男の手足をてきぱきと縛り上げた。

その手際の良さは、ジュウにとって頼もしくもあり、恐ろしくもあった。

「その紐は？」

「これは家から持参したものです」

しっかりと男を縛り上げた雨は、男の意識が戻っていないのを確認してから離れた。

「この紐は、人間の腕力ではまず切れませんので、ご安心を」

「助けてくれたことには礼を言う。けど、説明しろ。何でおまえがここにいる？」

神出鬼没にも程がある。

いったいどうして彼女はここに現れたのか。

「はい、説明いたします」

事件に関わる気はない、というジュウの言葉を、雨は信じていなかったのだ。

自分一人でやるために、雨を遠ざけようとしていると察した。

だから、彼女はあえて気づかぬ振りをして、陰ながら手助けしようと思った。

そして今日、ジュウが大声で自分の名前を呼ぶのを聞きつけ、助けに現れたのだ。

「……じゃあおまえ、毎日こっそり俺の後をつけてたのか？」

ジュウは犯人を捜すのに夢中で、たしかに自分の背後にはあまり気を遣っていなかった。

距離を取って尾行されたら、気づくのは難しい。

「いえ、毎日ではありません。可能性の高い日だけです」

「可能性？」

「事件の起きる可能性が高い日にのみ」

彼女なりに、犯人の行動パターンを推理してみたらしい。

そしてそれは、ジュウの推理と微妙にズレていた。

「事件の起きる可能性が高い日って、つまりは雨が降った日だろ？」

今日は雨が降っていない。それなのに事件が起きた。

そして、堕花雨はここにいる。

これはどういうことか？

だが彼女は、いつものように落ち着いた口調で説明した。

「わたしも、最初は天気と犯行が関係していると考えていました。データを見る限り、そう思えますから。でも、それにしては雨の降っていない日にも犯行は起きている。その部分が、どうも腑に落ちなかったのです」

「それは、たまたまだろ。こいつは異常者だし、こだわりも適当なもんでさ」

「この男が異常者であることは疑いありませんが、行動理念はわりと一貫しています。歪んではいても、ルールはあるのです」

いろいろと考えた末に、雨は天気予報に目をつけた。

天気予報で必ず伝えられること。

それは、降水確率。

「降水確率?」

「はい。いずれの犯行も、降水確率が五十%を越えた日に起きていました」

「降水確率が五十%を越えたら、その日は人を殺すってのか?」

「データ上は、ほぼ間違いなく」

「何でそんな……」

「これはわたしの想像ですが、おそらく多数決ではないでしょうか」

「多数決?」

「降水確率を多数決と捉え、過半数を越えた日にのみ人を殺しているのではないかと」

「そんなバカな……」

滅茶苦茶だ、とは思ったが、その仮説にジュウは少なからず納得もしていた。

この男は、自分を政府の秘密工作員だと思い込んでいた。

例えば、バカらしいたとえだが、テレビの天気予報を通じて政府から自分に指令が来ていると思い込んでいたとしたら、どうだろう?

天気予報の降水確率を、真剣な面持ちで、五十%を越えるのを待ち望んで見つめる男。

その光景を想像し、ジュウは薄ら寒さを感じた。

今日の降水確率は六十%だったが、実際には雨は降らなかった。

しかし事件は起きた。

そう考えると、たしかに重要なのは降水確率の方なのかもしれない。

雨の推理は、発想は突飛だが、説得力がないでもなかった。

「でも、ちょっと待てよ。じゃあ五十％の時はどうしたんだ？　降水確率五十％なんて、ざらにあるだろ」

「データを見ると、殺したり殺さなかったりですね」

「……随分といい加減だな」

「念のため、ジュウ様の尾行はしていましたが、そのへんはわたしも疑問でした。他にもいくつか疑問があるのですが……ちょうどいいですから、本人に問い質してみましょう」

雨はそう言うと、倒れている男の上に馬乗りになり、胸ぐらを摑んだ。

「おい、おまえ。質問がある。起きろ」

ジュウに対するものとはまるで違う、冷たい詰問口調。

雨が力任せにガクガクと男を揺すり出したのを見て、ジュウは慌ててやめさせた。

「もういいって。別に、それほど興味があるわけじゃないしな」

「……そうですか」

雨は、少し残念そうに男から手を放した。

本音を言えば、ジュウは男から詳しい話を聞きたいような気もしていた。

しかし、それを聞いたからといってどうなるものでもない。

藤嶋香奈子や、今まで殺された犠牲者が生き返るわけでもない。

聞いても不快になるような事実しか、この男の口からは聞けそうもなかった。

だったらあとはもう、警察に任せてしまいたかった。

「そういえば、あの電話もおまえか？」

「電話？」

「俺をここに誘導するみたいな電話があったんだが……おまえじゃない？」

「わたしではありません」

堕花雨はジュウにウソをつかない。

じゃあ、あれは誰からの電話だったのか？

「……まあ、取り敢えずはいいとしよう。それよりも警察に連絡するとして、何と説明するかだな。……ん？　おまえ何やってんだ」

雨は男の脱ぎ捨てた上着を手に持ち、何やら探しているようだった。

「ヤバイものでもあったか？」

この男なら麻薬の類いを持っていても不思議ではなかったが、雨は首を横に振った。

「いえ、そういったものはないようです」

「そっか。つまり、こいつの異常は天然か」

ジュウはさっさと警察に電話することにした。

雨はまだ上着の中身を探っていたが、しばらくして諦めたようだった。

首を傾げながら、上着をもとの位置に戻す。

「さて、警察にこいつを引き渡せば終わりだな」

携帯電話のボタンを押そうとして、ジュウは自分の左腕が折れていることを思い出した。

雨に気づかれるとうるさそうなので、ここは我慢することにした。

「ジュウ様、お怪我の方は？」

「たいしたことない。おまえに心配されるほどじゃないよ」

「本当に？」

「主の言葉を信じろ」

「わかりました。……あの、ジュウ様。一つお願いがあるのですが」

「おまえが、俺に？」

珍しい、出会ってから初めての申し出に、ジュウは雨の顔をまじまじと見つめた。

心なしか、少し恥ずかしそうにしている、ようにも見える。

「危ないところを助けられた借りがあるし、いいぞ、言ってみな」

「実は……」

雨の話を聞いて、ジュウはまたもや頭を抱えたくなった。

彼女が言うには、今夜の外出理由を親に訊かれて、ジュウの家でテスト勉強をする、と言ってしまったらしい。

要するに口裏を合わせて欲しいということなのだった。

上手く家を抜け出せず、親に見つかってしまったのは雨の失策。

雨の母親は放任主義でおおらかだが、父親は相当に厳しい人であるらしい。

それ相応の理由がなければ納得しないという。

「……そうか。まあ、おまえの親から電話があったら適当に誤魔化しておくよ」

「できれば、なのですが、これからわたしの家まで一緒に来ていただけませんでしょうか？」

「今夜、これからか？　ひょっとして、おまえの親父さんがいるとか」

「はい」

「あー、そうか、そうなんだ、そうきたか……しょうがねえ」

と肩を落としたジュウに、雨は申し訳なさそうに頭を下げた。

本音としては逃げたいところだったが、雨には借りがあるし、ここで逃げるのは男らしくないとジュウは思った。

……男らしさって何だ？

それは、おまえの惚れた女に訊け。

昔、そう答えたのが母だと思い出し、ジュウは自嘲とも苦笑ともつかない笑みを浮かべた。

ふと、男の手帳を思い出す。

「おまえ、そいつの手帳に何が書いてあるのか読めるか？」

雨は男の上着から黒革の手帳を取り出し、一通り目を通した。

首を傾げて言う。

「全て白紙のようですが……」

「だよな」

妄想というものは一人で完結するものなのか。

それとも、他者に伝染するには波長が関係するのか。

ジュウにはよくわからないところだが、雨が男の手帳に何も見えないと言ってくれたことに、何故かホッとした。

堕花雨はたしかに電波系女。でも、こんな男とは違う。

警察には何と説明するべきかジュウは迷ったが、適当に言い繕うことにした。

運悪く殺人鬼と遭遇し、運良く勝利した、それでいい。

ただ、雨と行動していたことは何と説明しよう。

デート扱いだろうなあ、やっぱり……。

きっと雨の両親には頭を下げることになるだろうし、光にはまた蹴られるかもしれない。

学校に知れたら、美夜にもからかわれるだろう。

悩み事が一気に日常レベルにまで落ちた。

とにもかくにも、事件は終わったのだ。

ジュウはそう思った。

そう思っていた。

第6章　告白します

最後の授業終了を告げるチャイムが鳴ると、教室内の各所から一斉に安堵のため息が広がった。誰しもが感じるのは解放感。今日は一学期最後の授業であり、これで後はもう、明日の終業式を残すのみ。それから先は夏休みだ。

一カ月以上もある休みを何に使おうか、それを考えるだけでもそれなりに楽しい。休みが少ないからこそ、ありがたみがあり、楽しくも思えるのだろう。休日ばかりだったらこうはいかない。でも、それならそれで、今度は平日の授業にありがたみを感じるのかもな……。

そんなことを考えながら、ジュウは教科書と筆記用具を鞄に詰め込み、机の上に突っ伏した。

周りでは様々な話題が飛び交っていた。明日渡される通知表についてのぼやきなども聞こえるが、ジュウにはあまり興味がない。親が学校の成績について何か言ってきたのは、中学の最初の頃までだ。

人並みにバカだな。

通知表を見た母の反応は、それだけだった。親の放任主義は、気楽さと寂しさが紙一重。

欠伸を嚙み殺しながら、ジュウは目に滲んだ涙を指先で拭った。そうこうしているうちに担任の中溝が現れ、明日行われる終業式についての諸注意が始まった。

それを聞き流しながら、ジュウはここしばらくの出来事を思い返した。

なかなか激動の展開だった。濃密というよりも目まぐるしく、とにかく忙しかった。殺人犯と対決した翌日からは期末テストで、その間はずっと一夜漬けの毎日。片腕にギプスをしながらの試験勉強はかなり疲れた。

答案の返却で一喜一憂、それから再び授業があり、気がついたらもう終業式前日だ。雨のお陰もあってか、テストの成績は入学以来の最高点。それでも全体から見れば平均以下なのだが、担任の中溝はかなり感心しているようだった。この調子で頑張れ、と温かい言葉さえジュウはいただいた。すっかり更生したと思われているらしい。

やや複雑な気分ではあったが不都合はないし、ジュウは曖昧に頷いておいた。

雨はというと、どの教科もきっちり上位に食い込んでいるようで、そのへんはさすがだと言えた。前日の晩にあんなことがあったというのに、集中力に乱れはなかったらしい。

それとも、普段からの努力の成果というやつだろうか。

明後日から夏休みなので、ジュウは久しぶりに机の中を整理しておくことにした。

左腕のギプスも一週間前に取れ、今ではだいぶ元通りに動く。怪我の治りの早さに医者は驚いていたが、ジュウとしてはいつものことだった。昔から、母に散々殴られたときでさえも、一晩寝れば回復していたくらいだ。

自分を頑丈に産んでくれたことだけは感謝しようと思う、あんな母だが。

溜まっていたプリント類をまとめて押し込むと、鞄は普段の三倍近くにまで膨らんだ。教科書は置いていこうか迷ったが、やはり持って帰ることにした。

藤嶋香奈子が生きていたら、きっと叱られるだろうから。

机の中には、スポーツ新聞もいくらか溜まっていた。諸注意を言い続ける中溝の視線から隠れながら、ジュウはそれに軽く目を通した。一番古い新聞の日付は、ジュウと雨が殺人犯を捕まえた日の翌日のもの。連続通り魔殺人の犯人逮捕の記事は、たいして大きな扱いではなかった。一面は日本人メジャーリーガーの二打席連続ホームランを報じたもので、殺人犯逮捕の記事は、人気お笑い芸人の婚約記事よりも小さかった。記事によると、殺人犯を捕まえたのは一般人らしい、ということになっていた。こちらの身元がわかるような手がかりは残していないし、ジュウと雨は名乗り出る気もなかった。

あの日、殺人犯を捕まえた夜。二人は警察を呼びはしたが、その前に現場から離れたのだ。

ジュウとしては警察に説明してもかまわなかったのだが、雨に止められた。洗いざらい話せば、こちらに何の後ろ暗いところがなくても、おそらく警察はいい顔をしないだろうと。

ジュウに共犯の疑いをかける可能性すらあると、雨は言った。たしかにその通りで、クラスメイトのため、しかも親友や恋人だったわけでもない子のために、夜の街を徘徊しながら殺人鬼を捜してました。偶然見つけたからぶっ倒しました、では警察もそう簡単に納得するとはジュウも思えなかった。最終的にジュウの無実がハッキリするにしても、しばらくは取り調べを受け続けることになるだろう。それは、あまり楽しいことではない。

雨は、善意の第三者で通しましょうと主張した。警察から感謝状が欲しいわけでも、周囲から誉められたいわけでもなかったジュウは、その意見に賛成した。二人は犯人の意識が戻っても逃走できないよう、手足をもう一度厳重に縛り上げ、近くの街灯に足首をくくりつけてから警察に通報。詳しいことは話さず、公園の住所と、ただ殺人犯を捕まえたとだけ言って電話を切った。

近くの茂みにはサラリーマンの遺体があり、犯人は返り血も浴びているので、警察が状況を見て判断するだろうと思った。

二人は足早に現場を去り、その後は雨の自宅へと向かった。

こんな夜遅くまでテスト勉強につき合わせてしまってすみませんでした。

雨の自宅に着いて早々、彼女の両親に迎えられ、ジュウはウソの謝罪をした。頭を下げるジュウに従い、雨も頭を下げ、遅くなったのは自分のせいだと言った。ジュウが家まで送ってくれると言うので安心し、長く話し込んでしまったのだと。二人が揃って頭を下げる姿を、光は怨みがましい目で見ていたが、両親の方は誠意のある態度と受け取ってくれたらしい。ジュウを注意するでもなく、これからもうちの娘と仲良くしてやってください、と笑顔で言われた。

雨の父親は見るからに厳格そうな感じの人だったが、中身はそれなりに柔軟なようだった。渋みのある低い声に、ジュウは珍しく緊張し、恐縮して何度も頭を下げた。

思わず心の中で、自分の父親と比べてしまった。ジュウの父親は、自分にも他人にも厳しい人で、とにかく負けず嫌いだった。それは自分の息子でさえも例外ではなく、幼いジュウが友達から仕入れた雑学を語り、それがたまたま自分の知らないことだったというだけでも、父親はすぐに不機嫌になったくらいだ。たまには優しいときもあったが、それはただ父親の義務だから仕方なくそうしているだけのようだった。父が笑っているところを、ジュウは一度も見たことがない。ビジネスマンとしては相当に有能な人だったようだが、子を持つ親としては様々なことに欠けていた。やがて、父親はその欠けているという事実から目を逸らし始め、つまりはジュウの存在を意識しなくなった。

一緒に暮らしていたときも、親子というより同居人といった方がしっくりくる関係だった。精神的に距離感のある人だったと、ジュウは思う。仮にこちらが近づいていっても、向こうは倍の速度で遠ざかっていくような、そんな虚しささえあった。母親である紅香は苦手だが、父親は苦手以前の問題で、未だにどういう感情を持っていいのかわからないほどだ。

それに比べると、堕花雨の育った家庭はかなり恵まれているような気がした。

そのときの気分を思い出しそうになり、ジュウは思考を切り替えた。

スポーツ新聞の記事には、殺人犯の素性も載っていた。

名前は賀来羅清。年齢は二十九歳。独身。結婚歴なし。職業はサラリーマンで、それなりに大手といえる商社に勤めていたらしい。

無論、政府の秘密工作員などであるわけがない。

その翌日の新聞になると、記事の扱いはさらに小さくなっていたが、続報が載っていた。大学入学に伴って地方から出てきた賀来羅清は、近所の評判もいい好青年で、会社でも、特に女子社員から人気があったらしい。学生時代にはボクシング部に所属。今でも週に二度はスポーツジムに通って体を鍛えるほど、健康的な青年だったという。ただ、もてそうな外見のわりには交友範囲は狭く、だからといって仕事一筋でもない。定時にはきっちり帰宅してしまうような地味さもあったらしい。

ジュウは、半ば義務感のようなものでスポーツ新聞を買い続け、事件の行方を追った。テレビのニュースでは逮捕された後の続報がほとんどなく、ワイドショーでも一度取り上げられただけで、スポーツ新聞くらいしか情報を知る術がなかったのだ。

逮捕の報を聞いて近所の住人は皆一様に驚いたようだが、それはよくあるパターンに思えたのでジュウはどうでもよかった。実際に接触したジュウでさえも、賀来羅清が犯人であることを一瞬疑ったくらいなのだから、周りが気づかないのも無理はない。

取り調べは当初、一気に進展したが、それ以上は遅々として進まなかった。賀来羅清は容疑を認め、一連の通り魔殺人を全て自分がやったと認めたが、問題はそこからだった。

動機が不明だったのだ。

正確には、あまりにも意味不明だったのである。どうやらジュウに向かって語ったことを、ほぼそのまま警察にも語ったらしく、当然ながら、まるで聞き入れてもらえなかったようなのだ。

自分は政府の秘密工作員で、今まで何人も殺してきたのは、全て任務である。

任務とは？

地球防衛だ。

何から防衛する？

地球侵略を企む異次元人からだ。奴らは人間の皮を被り、人間の振りをしているが、僕には見分けられる。特殊な訓練を受けているからね。だから、この任務は僕にしかできないのさ。

取り調べ担当官に、賀来羅清はそんなことを語ったらしい。それは己の身の潔白を証明するというよりも、無知な人間に真理を説いてやるような、そんな態度だったのだろう。

サラリーマンをやっているのは、某国の敵対組織を欺くための仮の姿。

自分は政府の秘密工作員なのだ。疑うなら、総理大臣に訊いてみろ。

堂々とそう主張する賀来羅清は、異常者か、それとも演技をしているだけなのか、専門家による診断が必要だと警察は判断した。

「風邪が流行っているので、体には気をつけるように。以上。起立！」

中溝の声に反応して生徒たちが立ち上がり、ジュウもそれに従った。起立と規律って似てるなあ、などと思いながら中溝に向かって礼。それが終わると同時に教室がざわめき始め、生徒は帰り出した。

ジュウは席に腰掛け、最後に買ったスポーツ新聞を見る。

連続通り魔殺人の容疑者、獄中で自殺。小さな見出しには、そう書かれていた。精神科の医師との短い問答を終えた日の夜、賀来羅清は舌を噛み切って死んだ。死因は多量の出血と、噛み切った舌が喉に詰まったことによる窒息。

　裁判前に容疑者は自殺し、事件はうやむやのままに終わることになってしまった。

　どうして賀来羅清が自殺したのか、ジュウにはわからないし、わかりたくもなかった。真実に気づいたのか、それとも、自分が警察にではなく、敵対組織にでも捕まったと思った末のことなのかもしれない。

　ひょっとしたら、ようやく良心の呵責に苛まれたのだろうか。

　それを確認する機会は、もう永久にない。

　あの夜、自分に電話をしてきたのが誰だったのかもわからない。

　結局、わからないことだらけ。

　ジュウは、スポーツ新聞を全て教室の隅のゴミ箱に放り込んだ。

　事件のことは忘れ、夏休みにどうするかを考える方が有意義だろう。

　ジュウがいつもの数倍は重い鞄を担ごうとしていると、同じく帰り支度をすませた美夜が側にやって来た。

「うわ、ごっつい鞄だねえ」

「日頃の行いがいいからな」

「それ、意味がわからない……。で、あのさ、ジュウ君。明日の帰りとか、時間空いてる？」

「終業式の後か？」

「そうそう」

「特に予定はないが、何かあんのか？」

「ちょっち相談したいことがあるみたいな感じです」

「今ここで言えよ」

「シチュエーションが大事なの」

どうかお願いします、と美夜が両手を合わせて拝んできたので、ジュウは渋々承諾した。

渋々というのは演技だ。美夜に誘われて、悪い気はしない。

期末テスト初日、医者に行く暇がなく、左腕に添え木をして自力で包帯を巻いてきたジュウを見て、美夜は細かい事情は訊かずに、丁寧に包帯を巻き直してくれた。

心配そうな顔で、

「大丈夫？」

と訊かれたので、ジュウは笑って、

「俺は右利きだ」

と答えた。

何があったのか、そこを深く問い詰めようとしないのは、美夜の気遣いだろう。

好奇心が強いわりに、彼女にはそういった節度がある。

しかし、俺に何の用があるのだろう？

明日の放課後、午後一時に視聴覚教室に来てね。

そう言い残し、笑顔で帰っていく美夜の姿を見ながら、ジュウは少し考えた。

考えたが、途中でやめた。

「ま、いいか」

事件も片づき、試験も終わり、面倒なことはたいてい済んだ。

学生らしく遊ぶとしよう。その前に、歯医者に行こうか。

折れた奥歯の跡を舌で探りながら、ジュウは教室を出た。

下駄箱のところに行くと、雨が待っていた。

その見慣れた光景に苦笑しながら、ジュウは薄暗い空を見上げた。

七月の下旬になっても梅雨は続き、こんな天気が多い。

明日の終業式は晴れるだろうか。

体育館で校長の話を半分寝ながらで聞いて過ごし、中溝から通知表を受け取り、ジュウは一学期最後の義務をほぼ終えた。

明日からは夏休みだという高揚感から教室の生徒たちが浮き足立っている中で、ジュウはただぼんやりと欠伸を洩らした。大半の生徒が聞き流しているのを知りながらも、中溝は真面目に夏休みの心構えを話していた。

夏休みを楽しみにしていたのはいつまでだろうか。

その頃は、何が楽しみだったのだろう。

夏休みになったら好きなだけ寝て、好きな場所に行って、それから……。

自分の発想の貧しさに気づき、ジュウは唸りながら腕を組んだ。

外を見ると、昨日に負けず劣らずの薄暗い空が広がり、今にも雨が降ってきそうだった。

雨、雨か……。

夏休み中、堕花雨はどうするのだろう？

やっぱり俺につきまとうつもりか、それとも、その間だけはさすがに自分の予定を優先するのだろうか。雨が側にいることが嬉しいのか邪魔なのか、ジュウにもよくわからない。以前に雨が言ったように、結論を出すのが怖いことは、世の中たくさんある。

特に人間関係というやつは、失敗したからといってまた最初からやり直し、とはいかないのだ。

その失敗を背負ったまま、ずっと生き続けなければならない。

だからこそ慎重になり、臆病にもなる。

「起立！」

一学期最後のHRが終わり、中溝の号令に従って生徒たちが立ち上がった。

席を立ちながら、ジュウは思う。いつの間にか慣れてしまったが、こうした号令は本来なら学級委員がやっていたものだ。藤嶋香奈子の後任を決めるのは二学期になってからだろう。その頃には席替えも行われ、藤嶋香奈子の席はなくなるはずだ。

死について考えられるのは、生きている間だけ。

そんな当たり前のことを思いながら、ジュウは帰り支度を始めた。

感傷的な気分は凍結し、心の倉庫にしまい込む。暇なときに取り出そう。

放課後に話があると言われていたことを思い出し、美夜の方に目をやると、友達と集まって何かしら休み中の予定でも話しているようだった。

ジュウは鞄を机の取っ手に引っかけると、足を伸ばし、椅子に斜めに腰掛けた。

まだ時間はある。少し寝るとしよう。


それほど長く寝たつもりはなかったが、気がつくと教室の生徒は半分以上いなくなっており、美夜の姿も見えなかった。

時刻は、美夜との約束の時間である一時を少し過ぎたところ。

「何だよ、起こせばいいのに……」

愚痴りながら鞄を掴み、ジュウは教室を出た。廊下を歩いていると、まだ担任教師の話が続いている教室もちらほらと見えた。この分だと、雨のいる進学クラスもまだ解放されてはいないだろう。ジュウとしても、美夜との約束があるのでちょうど良かった。

待ち合わせの場所の視聴覚教室は、美術や音楽、そして科学の授業を行う教室と同じ並びにあり、普段はあまり人気のない場所だ。そのせいで不良の溜まり場にもなりやすく、タバコの吸い殻が見つかることもしょっちゅうなのだが、さすがに今日はそういう輩を見かけなかった。わざわざ学校に残るよりも、早く帰って好きに遊んだ方が利口ということだろう。

途中、トイレに立ち寄ったりしながら、ジュウはのんびりと廊下を進んだ。

それにしても、美夜の奴は俺に何の話があるのか？

いい話か悪い話か。

いい話というのは、例えば……。

「……お」

途中、階段を通りかかったとき、その踊り場に二つの人影があるのが目に入った。

同学年らしき男子と女子だ。ジュウはどちらにも面識はなかったが、気まずさを感じて身を隠した。そっと聞き耳を立てると、どうやら告白というやつをしているようだった。女子の方が何かを言い、男子の方は戸惑いながらも、それにぽつぽつと答えている。二人とも顔は真っ赤で、覗き見ているジュウの方が恥ずかしくなるような初々しさ。

堪らずその場から離れることにした。

結果は少しだけ気になるが、どっちに転ぼうと関係のない話だ。

告白か……。

僅かに火照った頬を冷ましながら、ジュウは考えた。

まさか、まさかとは思うが、美夜の奴、俺に……。

もしそうだとしたら、どう答えればいいだろう？

受けるか断るか、好きなのか嫌いなのか、恋人か友達か。そうこう悩んでいるうちに視聴覚教室の前まで来てしまった。辺りには、学校とは思えないほどの静寂が満ちていた。人気のないこういった空間は、秘密の告白には絶好の場所だろう。

胸にある期待と不安を静めさせ、ジュウは一度大きく深呼吸した。

ノックしようと思ったが、アホらしいので扉に手をかけた。扉は軽く動いた。

……あいつ、視聴覚教室の鍵をわざわざ借りたんだな。

そこまでするほど大事な話なのか。

扉を開けて教室に入りながら、ジュウは少しだけそんなことを思った。

教室の中は電気が点いておらず、やや薄暗かった。

曇り空のせいで窓から射し込む光は弱いが、それでも何とか人の顔の判別くらいはできる。

こちらに背を向け、窓の外を見ている女生徒が美夜だと、ジュウにはすぐわかった。

「よう、来たぞ」

「……うん、待ってたよ」

振り返った美夜の顔は、いつになく真剣で、ジュウをドキリとさせた。

真剣な顔、真剣な話、まさか本当に……。

内心の動揺を必死に隠しながら、ジュウは美夜に近づいた。

美夜は、傍らに置いてあった缶入りのお茶をジュウに差し出した。

「ジュウ君寝てたから、喉が渇いてるでしょ?」

「それ、飲みかけじゃねえか」

「間接キッス」

「死語だ」

喉が渇いていたのは本当なので、ジュウは美夜から缶を受け取った。あまり冷えてはいないが、その苦さが気持ちを少し落ち着けてくれた。半分以上残っていたそれを飲み干してしまい、美夜に悪いかなと思ったが、彼女はその様子を微笑ましそうに見ていた。

空になった缶を近くの机の上に置き、ジュウは一息ついた。

教室にいるのはジュウと美夜の二人きりだ。開いた窓から入ってくる蟬の鳴き声が、少しうるさかった。大事な話をするなら、なるべく近寄った方がいいだろう。ジュウと美夜は並ぶようにして、窓の枠に腰を下ろした。

いつもと空気が違う。手を伸ばせば届く距離に美夜がいるのは初めてではないが、周りに誰もいない状況は初めてだった。周りに誰もいないというのは、止める者がいないということ。

ジュウは横目で美夜の様子を窺った。

こいつ、無防備だよな。学年でも一、二を争うほど人気があるのに、こんな場所で俺みたいな人間と二人きりになるなんて、何を考えてるのか。俺は安全だと思われているのか。それともその逆なのか。逆なら、そういうことなのか。

美夜がなかなか口を開かないので、ジュウの思考だけが駆け巡った。

「おまえ、今日は他に約束なかったのか？」

「ないよ」

「でも、ほら、こういう機会にって、何か話がある男とかさ。夏休み前だし、今がチャンスだとか思ってさ、いろいろと」

遠回しで嫌な尋ね方だな、と自分で思ったが、いざとなると簡単には訊けないものだった。まるで嫉妬しているようにも思えるし、それはみっともないような気がしたからだ。

そんなジュウの歯痒さを知ってか知らずか、美夜は右手の人差し指を立てると、軽くこう言った。

「実は、誘われはしたんだけどね、放課後に会いたいって。武峰先輩と、中内君と、熊谷君に」

詳しくは知らないが、三人とも女子の間で人気が高い男子生徒だということくらいはジュウの知識にもあった。クラスにいると、よく女子の会話から洩れ聞こえてくる名前だ。顔良し、成績良し、運動も得意で、それでいて人当たりも良い、女にもてる条件を満たした男子たち。

さて自分はどうだろうと思ったが、虚しいのでやめておいた。

「じゃあ、早く話を終えた方がいいな。この後で会うんだろ？」

「ううん、全部お断りしました」

「三人とも？　何でまた……」

「わからない？」

じっとこちらを見ながら美夜に問い返され　ジュウは言葉に詰まってしまった。

「わからない？」

ジュウから視線を外さず、美夜はそう繰り返した。

目を逸らそうかとも迷ったが、ジュウはそれを見つめ返すことしかできなかった。

綺麗な瞳だな、眉毛の形がいいな、鼻の形も好きだな、薄くて柔らかそうな唇だな。

見慣れていると思っていた美夜の顔だが、改めて見るとやはり可愛い。

心臓が普段の倍近いペースで鼓動し、頭に血が上るのが自分でもわかった。

「ジュウ君、わたしのこと好き？」

恥ずかしそうに頬を赤く染め、美夜が言う。

軽く握られた手が口元に当てられ、それが彼女の不安な心中を表しているように思えた。

何と答えようか？

高鳴る心臓の鼓動が思考の邪魔をし、考えがまとまらない。

あれ、今のって、告白されたん……だよな？

美夜に、好きかと問われた。

えーと、答えは、俺の気持ちは……。

言葉を発しないジュウを見て、美夜は躊躇いがちに言った。

「……嫌い、かな？」

そんなことはない。

俺はおまえのことを気に入ってるし、できればもっと……。

そう言ったつもりが、ジュウの口から実際に出てきたのは声を伴わない空気だけだった。

……緊張し過ぎて声が出ない？

気を落ち着けるため、一度腹の底まで息を吸い込み、ゆっくりと吐き出してみた。

ぶわっと汗が噴き出した。脂汗だ。

教室は少し暑いが、それにしたってこれほど汗をかくなんてどうかしている。

ジュウは、取り敢えず場を和ますために笑おうとしたが、顔の筋肉が上手く動かなかった。

笑顔を浮かべたつもりで、何とか美夜に答える。

「あ、あ、あの、さ、ささ……おおれとし……て、ては……」

言葉が繋がっていかない。

舌の動きが変だ。

さっきお茶を飲んだばかりなのに、喉が無性に渇く。

なんだ、おかしい、これは……。

「もう、いいみたいだね」

明るい声に続いて、美夜にドンと突き飛ばされた。

ジュウの体は何の抵抗も見せずにあっさりとバランスを崩し、床に尻餅をついた。ジュウは立ち上がろうとして、美夜の顔を見ようとして、何でこんな事をするのか訊こうとしたが、どれも実行できなかった。手の感覚が鈍い。足に力が入らない。心臓の動悸が治まらない。

まるで熟睡していたところを不意に起こされたような、そんなぼやけた感覚。

全力疾走でスタミナを使い切った後のような疲労感。

何が何だかわからず、自分の急激な体調不良に戸惑うしかないジュウの耳に、美夜の明るい声が届いた。

「ジュウ君、ちょっとこっち向いて」

それに従い、ジュウは助けを求めるように彼女の方へと顔を向けた。

その瞬間、横殴りの衝撃が脳を揺らした。

頭の芯まで響くような痛みと吐き気に襲われながらも、ジュウはかろうじて床に手をつき、倒れるのを堪えた。

「が……ぐぁ……！」

言葉の代わりに、呻き声と唾液が口から洩れた。

まるで予期していなかったため、すぐには状況が理解できない。

今のは、誰かに殴られたのか、俺が、どうして。

犯人を捜すジュウの視線が、自分を見下ろす美夜のところで止まった。

美夜は片手に金属バットを持ち、口元には薄笑いを浮かべていた。

「ジュウ君、大丈夫？　まだ生きてるよね？　うん、大丈夫みたい。良かったあ」

俺を殴ったのは……美夜？

何で、どうして、そんな。

おまえどうしてこんなことを、という言葉は声にならず、痺れる舌は思うように動かなかった。

「薬、ちゃんと効いてるみたいだね。ネットの通販で買ったんだよ。よくは知らないけど、即効性の痺れ薬みたいなやつなんだって。本当は女の子にイタズラするのに使うみたい。お酒とかに混ぜて飲ませるんじゃないかな？」

痺れ薬？

思い当たる事と言えば、さっき飲んだ缶入りのお茶。

ジュウは咄嗟に喉に指を突き入れ、お茶を吐き出そうとしたが、それより先に衝撃が来た。

美夜は金属バットを振り上げると、ジュウの右腕目掛けてフルスイングした。

「ぐぁぁぁ！」

脳神経を掻き回されるような痛みに、ジュウは悲鳴を上げた。

今度は堪えることもできず、床の上をのたうちまわる。

周りに並ぶ机やイスに体をぶつけながら、ジュウは痛みに震えた。

「ジュウ君、右利きだったもんね」

美夜の声は変わらず明るかった。

金属バットを持ち直しながら、彼女は訊く。

「ねえ、右腕ちゃんと折れた？　まだなら、もう一回やらなきゃ」

再び金属バットを振り上げた美夜を見て、ジュウは両腕を交差して身をすくめた。

その怯え方を見て、美夜の口元の笑みが濃くなった。

「まだ動くんだね。じゃあ、もう一回」

バットをフルスイングした。

「まだ動きそうだね。じゃあ、もう一回」

バットをフルスイングした。

「……わあ、まだ動くの？　すごいね。もう一回っと」

四回目の衝撃で、ジュウの右腕の骨は完全に砕けた。

目眩がしそうな痛みに思考も呼吸も混乱し、ジュウはただ震えるしかない。

「えっと、あとはこっちも折っておかないとね」

金属バットを振り上げた状態で、しばらく美夜は何事か考えていたが、やがて振り下ろした。バットは、ジュウの右足にめり込んだ。

美夜が考えていたのは、左右どちらの足の骨を折るか、ということだったらしい。

ジュウの絶叫を軽く聞き流し、美夜は確認する。

「んー、折れたかな？　折れたかな？」

念のためと、さらにバットで五回、右足を殴りつけてから、美夜はやっと満足した。

「これでもう走ったりできないし、ひとまず終了」

汗かいちゃったよ、と言いながらハンカチで額の汗を拭い、美夜はジュウの様子を観察した。

もはや床をのたうちまわる気力も失せたのか、ジュウは小刻みに震えながら苦鳴を洩らし続けるだけだった。

「ちなみに言うとね、この金属バットは野球部の物なの。部室にたくさんあったから、一本借りてきちゃった。後で返しておくから心配いらないよ。うちの野球部って管理がいい加減だし、まず気づかれないだろうけど」

美夜の声の調子は、普段と変わらなかった。

興奮も悲壮感もなく、いつもと同じく陽気に話す。その声を聞いていると、まるで今ここで起きていることが夢ではないかとさえ思えてしまうが、痛みがそれを否定した。

左手を床について体を起こし、ジュウは歯を食いしばりながら美夜の方へと向いた。

薬と痛みで混乱し、もはや身体機能は何一つ正常に働いてはいないようだった。

涙が出るほど痛い。

それでも、彼女を見ないわけにはいかなかった。

ジュウは彼女と出会って以来初めて、挑むように睨みつけた。

「お、おお、おまえ……」

「わたしの話、聞きたいでしょ？」

「なん……なんで……こんな……」

「聞きたいなら、静かにしててね」

「どうし……てて……どう…し……」

美夜は金属バットをフルスイングし、ジュウの顔を殴り飛ばした。

ジュウは再び床に倒れ、口の中に血の味が広がり、吐き出す唾液が赤く染まった。

「ジュウ君。今ここで一番偉いのは、このわたし。わたしが一番偉いの。だから、わたしに逆らったらダメなの。わかった？　わかったなら、静かにしててね」

そう言ってから、美夜はジュウを踏みつけて教室の入り口へと向かった。

これからやることに邪魔が入っては困る。

まずは前の扉の鍵を閉めた。

そして後ろの扉に手をかけようとしたとき、それは勝手に開いた。

廊下側から扉を開けたのは、堕花雨。

「堕花さん……」

「こんにちは、紗月さん。今学期はお世話になりました。来学期もどうぞよろしく」

鞄を手に持ち、すでに帰り支度を終えた様子の雨は、いつもの調子でそう言った。

「どうしたの、こんなところで？」

美夜は素早くバットを雨の死角に隠すと、内心の動揺を微塵も窺わせない笑顔を浮かべた。

感情と関係なく、彼女はいつでも笑顔を浮かべられる。

「ここに、ジュウ様が来ませんでしたか？」

「ジュウ君？」

「はい。何人かに話を訊いてみたところ、こちらの方へ向かったらしいのですが」

雨は、ジュウの教室まで迎えに行ったらしい。ジュウがいないことがわかると、校舎内の探索を開始。そして、ここへ来たのだ。

二人の話し声が聞こえていたジュウは何とか助けを求めようとしたが、いくら力を込めても、小声しか出なかった。

床を這って行くか、近くの机を倒そうかとも思ったが、体の痛みと痺れがそれを許さない。

教室内は薄暗く、廊下側にいる雨からではその様子は見えていないだろう。

美夜は、扉の陰に隠したバットを持つ手に少し力を入れ、いつでも振るえるように備えた。

「ジュウ君なら、さっきまでここにいたよ」

「では、今はどちらに？」

「もう帰ったんじゃないかな。下駄箱に靴はあった？」

「ありませんでした」

どうも美夜は、ジュウが寝ているうちに下駄箱の靴を隠しておいたようだった。

金属バットや痺れ薬、そして視聴覚教室の鍵からしても、用意周到なのは間違いない。

「じゃあ、やっぱり帰ったんじゃないかな。わたしは、まだちょっと片づけがあるから。それを条件に、先生からここの鍵を借りたんだよね」

「ここで、ジュウ様と何をしていたんですか？」

「……内緒だよ？」

「はい」

「わたし、ジュウ君に告白したんだ」

「返事は？」

「いいよって言ってくれた」

「そうですか……」

その声に僅かな落胆が含まれているような気がしたのは、ジュウの思い過ごしだろうか。

雨はしばらくの空白を置いてから、

「おめでとうございます」

と言って頭を下げた。

「ありがとう、堕花さん」

「では、わたしはこれで失礼します。今からでも急げば、ジュウ様に追いつけるかもしれません」

そして、雨は去っていった。

それをしばらく見送り、廊下に誰もいないのを確認してから、美夜は扉の鍵を閉めた。

さっきと同様にジュウの体を踏みつけてから、窓辺へと戻る。開いた窓からはいくらかの風と、けたたましい蟬の鳴き声が流れ込んで来ていた。ジュウが大声で何か叫べたとしても、まず外には聞こえそうもなかった。学校に残っている生徒もそれほど多くはない。

「堕花さん、帰っちゃったね。ジュウ君がっかり？」

睨んでくるだけのジュウを微笑ましく見下ろしながら、美夜はあっけらかんと言った。

「わたしね、人を殺したことがあるんだよ。全部で五人。こう、首をキュッて絞めるの、ワイヤーでね。簡単なんだよ。そうするとね、女の子の力でも結構大きな男の人を殺せちゃうの。まあ、その前に抵抗力を奪っておかないとダメだけどね。ワイヤーも通販で売ってるんだよ。便利だよね。最近は何でもネットで買えちゃうんだから。後で見せてあげるね。使い方も、見せてあげる。ちゃんと手袋しないと、手に跡が残って大変なんだ、あれ。でも、確実に殺せるんだよ。えーと……」

そこまでしゃべってから、美夜は額に人差し指を当て、困ったように苦笑した。

「何から話すか決めてたのに、いざとなると上手くいかないもんだね、緊張しちゃって。順番に話すよ。ジュウ君がわかるように」

おほん、と咳払いをしてから美夜は語り出した。

「あれは小学校二年生の頃。うちの近所にね、大学生のお兄さんが引っ越してきたの。地方から来た人でね、とっても素朴な人だった。仲良くなったきっかけは、わたしが自転車で転んで泣いていたところに、お兄さんが通りがかってくれたこと。ハンカチで涙を拭いてくれて、大丈夫かいって、優しくしてくれたんだ。ああ、いい人だなって、そう思った。それからね、そのお兄さんとよく会うようになったの。ていうより、わたしが住所を突き止めて、よく遊びに行くようになったんだけどね。お兄さんは、なかなか学校で友達ができないみたいで、寂しそうだった。だから、わたしはすぐに仲良くなって、お兄さんの友達第一号になった。それからね、いろんなことして遊んだよ。いろんなところにも行った。お兄さんて、スポーツ万能なのに、何故か水泳だけは苦手でね。それなのに、わたしがプールに行きたいってせがむと、いつも一緒に行ってくれた。わたしがおぼれたら、助けに飛び込んでくれたんだよ、泳げないのに。あの時は結局、近くにいた大人にわたしもお兄さんも助けてもらって、大変だったなあ。でね、わたしが中学一年生のとき犯されたの、お兄さんに。その頃、わたし、同じ学年に好きな男の子がいてね。足が速くて、いっつも元気な子で、すごく好きだったんだ。でも、どうしたらいいかわからなくて。昔のわたしって、今よりもずっと人見知りする子だったから、告白どころか男の子とちゃんと話すのも無理だったんだよ。だから、お兄さんに相談しに行ったの。お父さんやお母さんじゃ、ちょっと恥ずかしいし、お兄さんならいろいろ教えてくれるかなって思って。そしたら、相談しに行ったら、犯されちゃった。すごく怖くて、痛くて、わたしはたくさん泣いたけど、お兄さんはやめてくれなかった。後で訊いたら、入ったばかりの会社で何か嫌なことがあって、それでむしゃくしゃしてたみたい。だから、本当は嫌だったけど、すごく嫌だったけど、しょうがないかなって思った。そう思ったんだよ。だって、しょうがないもんね」

そこまで話すと、美夜はニッコリと笑った。

彼女は、ほとんどいつもと変わらぬ調子だった。それは、彼女のこの行動が急な思いつきではなく、決意を固めた上でのものだという証でもあるだろうか。

ジュウは、体の痺れと格闘しながら美夜の話を聞いていた。せめて声だけでもと思うが、口から洩れるのは荒い呼吸音ばかりで、まともな言葉にはならない。

手に持つバットで床をコツコツと突きながら、美夜は記憶を掘り起こすように、静かに話し続けた。

「お兄さんはね、反省とか後悔が大嫌いなの。過去に捕らわれた人間はダメになるって言ってね、どんな失敗があってもすぐに忘れる人だった。本当に、嫌なことは何でも忘れちゃう人なの。すぐに忘れちゃうんだよ。わたしを殴ったことも、蹴ったことも、髪の毛を掴んで引きずり回したことも、犯したことも、忘れちゃうんだよ。一度なんてね、殴られて鼻血を流してるわたしを見て『美夜ちゃん、誰にやられたの?』って、お兄さんに言われた。かわいそうにかわいそうに、誰がこんな酷いことをって。自分でわたしを殴っておいて、慰めるんだよ。変だよね。わたし、なんだか可笑しくなって、笑っちゃった。でも、わたしも変なの。笑ってるつもりなのに、顔は笑ってないんだよ。頭の中の回路が、どっか焼き切れちゃったみたい。治し方がわからなくて放っておいたら、どんどん酷くなっちゃって。そしたらまたお兄さんに殴られて、痣ができたらお母さんに怒られるって言ったら、次からはお腹をガンガン蹴られるようになって。生理の時は特にきつかったよ。お兄さん、避妊とか嫌いだから、そのことを言うとまた蹴るの。それで、また慰めてくれて。それで、またわたしの何処かが壊れて。でも治し方がわからないから、ずっとそのままで……」

美夜の視線は宙に固定され、その表情には絶えず笑みが浮かんでいた。

バットで床を突くリズムは一定であり、彼女の話もそれに合わせるかのように緩やかだった。感情は込められていないのか。感情だけで話しているのか。聞いているジュウにはわからない。内容の真偽のほどもわからない。美夜が何を言いたいのかも、まだわからない。

チャイムが鳴った。

これで、部活に参加している生徒以外はほとんど下校してしまうだろう。

校舎に残っている生徒はなるべく早く帰るよう、放送での呼びかけが始まる。

校舎から人気が薄れるに従い、教室内の闇が濃くなっていくような気がした。

その闇に抗うように深呼吸を繰り返し、ジュウは体の痺れとの格闘を続ける。

「それでね、えーと、あれは今年になってからのことだね。お兄さんが急に真剣な顔になって、わたしに言ってきたの。『実は、僕は政府の秘密工作員なんだ』って。極秘の任務を帯びていて、指令が来たらそれに従わなければいけないんだって。もちろん、わたしは信じられなかったけど、どうして今になってそんなこと言うのって、取り敢えず訊いたみたいたの。そしたらお兄さん、急に思い出したんだって、そう言うんだよ。冗談かと思ってた。お兄さんの冗談て、いつも笑えないから。真相はすぐにわかった。次の日のニュースで、中学生の女の子が殺された通り魔殺人があったんだけど、そのときテレビ画面を指さして、お兄さんがわたしに言ったの。『あれはね、一見すると普通の人間に見えても、中身は異次元人なんだよ、美夜ちゃん』って。得意げに言うんだよ。『あれを退治したのは僕だ』って。それで、全部わかっちゃった。つき合いが長いと、いろいろわかるもんなんだよ。その点、ジュウ君とわたしはまだまだだったけどね?」

同意を求めてくる美夜に、ジュウは無言で視線を返すことしかできなかった。

その無力さを確認し、美夜は話を続ける。

「何かの拍子でやってしまったことなのか、前からそうしたかったのかはわからない。でも、お兄さんが人を殺してしまって、それを正当化するために作ったフィクションなんだって、わかっちゃった。フィクションだけど、お兄さんの中ではノンフィクション。そのときから、お兄さんは政府の秘密工作員になったんだよ。お兄さんが殺した人間は、すなわち異次元人ということになったの。嫌なことならただ忘れるはずだから、お兄さんにとって人殺しはそんなに嫌なことじゃなかったんだろうね。わたしは止めようと思った。人殺しはいけないことだから。でも力ずくで止めるのは無理だし、お兄さんの後をつけることにしたの。警察に通報して現行犯で逮捕してもらおうと思って。わたしの携帯電話にはカメラも付いてるから、証拠の画像も撮れるし。でもね、そこからが、不思議な展開なんだよ……」

美夜は何かを思い出すように笑った。

口元を片手で押さえ、愉快そうに笑った。

視線だけは宙に固定されたままの笑いは、傍で見ているジュウには薄ら寒い光景だった。

今まで一度も見たことがないこれは、紗月美夜の裏の顔なのか。

「その日、お兄さんが殺そうとした人は、五十代くらいのどこかのサラリーマンで、会社帰りだったんだろうね。わたしが追いついたときには、もうその人はボコボコに殴られててね。鼻とか潰れて、それでも鼻水が出てて、とにかく凄かった。いろんなことを言うんだよ。助けてくれとか、お金ならやるとか、何でもするからとか、神様とか。いい大人が、泣きながらそう言うの。何度も何度も言うの。しまいにはお兄さんの足にすがりついて、泣き喚くんだよ。濁声で、わんわん泣くの。わたし、それを見たらね、なんかゾクゾクしちゃった。背筋から何かが這い上がってきて、そのまま頭から突き抜けて、噴き上げたものが体中に降りかかってくるような、凄い感覚。わたしね、気づいたら夢中で携帯電話のカメラを撮ってた。メモリーに一杯になるまで撮って、それでも撮り足りなくて、念のために持ってきておいた使い捨てのカメラで撮ったの。いっぱい撮った。だって、本当に凄いんだよ。人間の内面が表れてるっていうのかな？　絶対表に出ないようなものが、全部出てるの。さらけ出してるんだよ、何もかも。あんまり凄いから、そのサラリーマンが死ぬまで撮り続けちゃってた。それでね、わたしは思ったんだよ。もっと見たいって。こういうのをもっと見たいって。もっと見るには、お兄さんに頑張ってもらうしかないって」

　ここまで話を聞いて、ようやくジュウの中でいくらか合点がいった。

　しかし、理屈は繋がっても、感情はそれを認めなかった。

　その葛藤がジュウの顔に浮かぶのを見つけて、美夜は目を輝かせた。

「そうそう、そういう表情。普段は絶対出てこないそれを、もっと見たくなったんだよ。だからお兄さんを手伝うことにしたの。お兄さん、喧嘩は強いんだけど、殺すのは下手なんだよね。たまに殺し損なうこともあって、でも、お兄さんは殺したと思い込んで、確認とかしないで帰っちゃうから、そういうときは仕方なく、わたしがフォローした。こう、首にね、ワイヤーを巻いてキュッて絞めるの。じわじわとじゃなくて、一気にキュッて絞めるの。そうするとすぐに死ぬ。本当に簡単なんだよ。それから、証拠になりそうなものは現場に残さないで、ちゃんと始末しておくの。お兄さんて神経質な人なんだけど、好きなことをしているときはそれ以外、目に入らなくなっちゃうから。手のかかる人なんだよ。自分で始めたことなのに、途中でやめたいとか言い出したりもするし。仕方ないから、わたしがいろいろ考えてあげて、続けられるようにしてあげたけどね」

「……てん……き……か……」

ジュウの微かな呟きを聞き、美夜は目を丸くした。

そしてパチパチと拍手。

「すごい！　ジュウ君わかったんだ、お兄さんの行動パターンが。それ、わたしが考えたんだよ。お兄さんが、きちんと殺人を義務として感じられるように。それに気づくなんて、ジュウ君もなかなかだよ。わたしのあげたヒントにも、すぐに動いてくれたしね」

訝しむジュウの表情を見て、美夜は笑顔で付け加えた。

「あの日の夜、電話があったでしょ？　あれ、わたしだよ」

公園での死闘をセッティングしたのは、美夜。

「ジュウ君、事件のこと調べてるみたいだったし、苦労してるようだから、助けてあげようと思って。だってあのままじゃ、せっかくの夏休みも潰れちゃうし、それじゃあんまりだもんね。ジュウ君、いい線いってたけど、天気予報だけじゃダメなんだよ。それだけじゃ、お兄さんとはまず出会えない。雨の日だから殺すってわけじゃないの。それじゃつまらないし、少し捻ってあるんだよ」

「…こうす…い……かくりつ…」

美夜の顔から、急速に熱が冷めるように表情が消えた。

平坦な口調で言う。

「……へえ、わかったんだ。わかる人がいたんだ。ジュウ君、頭いいじゃん」

「…おれじゃ……ねえ……あいつ…だ……」

ジュウの言うあいつが堕花雨を指していると、美夜はすぐに理解したようだった。

不愉快そうに眉をひそめる。

「ふーん、それはちょっと悔しいかも。ていうか、むしろ心外？　堕花さんにわかられたんじゃ、こっちとしては調子が狂うよ。彼女みたいな変人に行動を読まれるなんて、まるでわたしまで変人みたいだし、嫌な感じだなあ、最悪」

吐き捨てるようにそう言うと、美夜はバットを振り上げた。

反射的に身構えるジュウを見て笑う。

「アハハ、大丈夫だよ。わたしに逆らわないなら、もう殴らない」

「……おまえ……ほんと…に…かくら…と……」

美夜は、バットでジュウの顔を殴り飛ばした。

「勝手にしゃべらないで。さっきも言ったけど、一番偉いのはわたしなの。わたしなんだからね」

念を押すようにそう言うと、呻くジュウを見下ろしながら、美夜は話を続けた。

「そう、もちろん清お兄さんとだよ、当然でしょ？　それにしても驚いたよ。まさかジュウ君が犯人を捜していたなんて。そういうことには興味ないのかと思ってたから、ちょっと意外。やっぱりあれ？　藤嶋さんが死んだから、それで？　クラスメイトが死んだのが理由なんて、単純だねえ」

キャハハと笑う美夜を、ジュウは鋭い視線で見上げていた。

ひょっとしたら、美夜はまったく別の話をしてるんじゃないかと思ったし、そう思いたかった。

それを、彼女自身が否定した。

美夜の言う近所のお兄ちゃんとは、あの賀来羅清。

雨の読み通り、共犯がいたのだ。義務や強迫観念のようなもので人を殺す男と組んで行動し、冷静に後始末（あとしまつ）をする相棒（あいぼう）の女。

「藤嶋さん、すっごく驚いてた。わたしにね、言うんだよ。何でこんなことするの？　どうしてあなたが？　そんなことを言うんだよ。わりと頭悪いよね、藤嶋さん。楽しいからやってるのに決まってるじゃん。でね、わたしがハッキリそう言ってあげたら、今度は命乞（ご）いするんだよ。助けて助けてお願いだからお願いだからお願いだから助けてーってさ。あれは、いい表情だったなあ。あんまりいい表情だったから、ネットに流しちゃった。そういう写真の良さってね、ネットだと理解してくれる人が結構多いんだよ。みんな喜んでた。みんな、心の底ではそういうものを見たがってるってことだよね」

ジュウは、雨の家で見せられた画像を思い出した。

あのときの藤嶋香奈子の表情にあったのは、命の危機に瀕した絶望だけではなかったのだ。近しい者に裏切られた衝撃。クラスメイトが殺人鬼と共謀して自分を殺そうとする事実に、彼女は打ちのめされたのだろう。

今となってはわからないが、彼女がそのとき流した涙には、美夜への哀れみも含まれていたのかもしれない。

「あの日、お兄さんとジュウ君を公園で出会わせた日。さすがにわたしも迷ったよ。二人を会わせてはみたものの、直前までどうするか、決められなかった。自然の成り行きに任せて、わたしは見物人に徹しても良かったけど、それじゃあまりに無責任だもんね。二人を天秤にかけたのはわたしなんだから。隠れて見ながら考えたよ、真剣に。お兄さんに加勢するべきか、それともジュウ君か。どっちを殺して、どっちを残すか。考えたら、優先順位はジュウ君の方が少し上だった。だから、お兄さんを捨てることにしたの。もったいないけど、もう充分に楽しんだし、あんまり長く続けてると捕まっちゃうかもしれないから。お兄さん、そのへんのさじ加減が全然わかってないんだよね。だから、優先順位はジュウ君より下」

以前、ジュウの家で美夜が言った優先順位の話は、そういうことなのだろう。

優先順位が明確でないと取捨選択が混乱する、と美夜は言っていた。

美夜は賀来羅清を捨て、柔沢ジュウを取った。

「今になって考えてみると、お兄さんを捨てたのは、ジュウ君を殺されたくなかったからなのかもしれない。こうして、自分の手でジュウ君を追い詰めてみたかったからなのかもしれない。お兄さんにやらせた方が楽ちんだったのにね。でも、こうしていると、わたしの判断は正しかったって思うよ。なんてステキなシチュエーションだろ。ロマンチック。ジュウ君はそう思わない？」

美夜に笑いかけられたが、今のジュウには苦笑を浮かべる余裕すらなかった。

何度も立ち上がろうと試みるが、手足の感覚は未だに鈍い。

その努力を嘲笑うように見物しながら、美夜は続けて言った。

「ジュウ君、強かったね。お兄さんに勝つなんてビックリしちゃった。助けるまでもなく勝っちゃうんだもん。やっぱりお母さんが強いから？　あっ、堕花さんまで出てきたのは完全に予想外だったよ。彼女、神出鬼没だよね」

美夜はバットを肩に担いだまま、足元に置いてあったスポーツバッグを漁り始めた。

その中からデジカメを取り出し、それを片手で操作しながら言う。

「それにしても、お兄さんの最後は見事だったなあ。きっちり死んでくれるんだもん。警察に捕まったら終わりだってこと、何度も言い聞かせておいて本当に良かったよ。わたしのことを話さずに死んでくれて、本当に良かったよ。うーんと、これでよし」

左手にデジカメを構えた美夜は、笑顔を浮かべながらジュウの方へと向いた。

「じゃあ、そろそろ始めましょうか」

その意味がわからないジュウに、美夜はバットを振り上げて見せた。

ジュウが身をすくめると、それを阻止するように下から顔を目掛けてバットを振った。

「ぐはぁ……！」

口と鼻から溢れる血を顎まで垂らしながら、ジュウは仰向けになって床に倒れた。

「ダメだよ。ちゃんと顔を見せてくれないと、写真が撮れないでしょ？」

血濡れたバットを引きずりながら、美夜はジュウに歩み寄った。

「ほらほら、こっち向いて。顔を見せて」

潰れかけた鼻を押さえることも忘れ、ジュウはただ呆然と美夜を見返した。

ファインダー越しに見えるそれはよほど楽しいのか、美夜の笑みはさらに濃くなり、口の両端はこれ以上ないほど吊り上がっていた。

「うん、やっぱり思った通りだ。ジュウ君はいいよ。とってもいい。普段はクールだから、こういうときの崩れ方が素敵だよ。わたしの読みに間違いはなかったね」

「……よみ…？」

「最初はね、本当に何となくだったんだよ。クラスが一緒になったとき、周りのみんなはジュウ君のことを怖そうだって言ってたけど、わたしには寂しそうに見えた。だからちょっと声をかけてみた。本当に、最初はその程度の興味だった。不良を気取ってるけど、いい子だなあって。それだけ。でも、何度か話しているうちに気になってきちゃったんだ。いつも仏頂面のジュウ君は、どんな表情を隠してるのか。笑ったらどんな顔か。泣いたらどんな顔か。ジュウ君のいろんな顔を見てみたいって、そう思うようになったの。でもね、一番見たかったのは、その表情。目の前の現実に困惑して、どうしていいかわからない表情。そこからどれだけ崩れていくのか、どんな中身が見えてくるのか、とっても楽しみ」

ジュウは、美夜と初めて会ったときのことを思い出した。

初対面のくせに親しげで、強引で、お節介で、なのに、それを許してしまいたくなるような空気を美夜は持っていた。図々しい奴だと思いながらも、何故か怒る気にはなれなかった。

その理由に、ジュウ自身はもう気づいている。

だから、今日こうして、ここまで来たのだ。

何の疑いもなく来てしまったのだ。

「ジュウ君、わたしのこと好きでしょう？」

小馬鹿にするように、美夜はクスクスと笑った。

「ひょっとしてジュウ君、わたしに好かれてると思ってた？　恋愛感情を持たれてると思ってた？　わたしがジュウ君に恋してるとか、そんなこと考えちゃってた？　だとしたら、わたしの演技もたいしたもんだね。いつか必ずジュウ君の写真を撮りたいと思ってたけど、普通のやり方じゃ無理なのもわかってた。ジュウ君、頑固だし、たとえお兄さんに痛めつけられても、最後まで抵抗しそうだもんね。だから、わたしは考えた。ジュウ君に最大級の衝撃を与えるには、まずは親しくなるしかないって考えたんだよ。壊したいなら、作るとこから始めなきゃ。ジュウ君がわたしを好きになってくれたなら大成功。うん、苦労した甲斐があったよ」

愕然とするジュウを見て、美夜はおかしくてたまらないといった様子で笑い出した。

笑いながらも、デジカメはジュウの表情を捉えて放さない。

賀来羅清との共謀で、慣れているのだろう。

パシャパシャパシャ、とフラッシュが連続して焚かれ、ジュウの姿を記録する。

「撮影場所に学校を選んだのはね、わたしとジュウ君の思い出は、学校にしかないから。前に一度、家に行ったこともあるけど、あれは除外。だって邪魔者がいたし。あ、それと、制服姿のジュウ君が好きだってのも、理由かなあ」

アングルを微妙に変えながら、美夜は撮影を続ける。

「始まりと終わりが同じ場所って、綺麗じゃない？　引いてるだけならただの線だけど、始点と終点が同じなら、それは何かを囲むことができる。囲むのは思い出。わたしとジュウ君の思い出」

白い閃光が、教室内の闇に何度も明滅した。

フラッシュの眩しさに目を細めながら、ジュウは震えていた。

足が震え、肩が震え、指先が震え、唇が震えた。

高まり過ぎた内圧を逃すように、大きく口を開けて息を吐く。

「ん？　何か言いたそうだね？　いいよ、言って。殴らないから、自由にしゃべっていいよ」

どんな恨み言が飛び出すのか、どんな罵倒が飛び出すのか、美夜はワクワクしながら待った。

ジュウの命乞いの言葉を決して聞き洩らすことのないよう、耳を澄まし、カメラを構えた。

期待に満ちた美夜の視線を打ち消すように、ジュウは睨み返した。

体内の血液が沸騰しそうなほどの感情を、言葉に変換して吐き出す。

「バカ野郎！」

それは、教室の窓を震わせるほどの怒声だった。体の痺れはまだ抜けきってはいないし、立ち上がることもできない。そんな中で舌だけは、ようやくジュウの意志に服従していた。

目を剝く美夜に対し、ジュウは自分の思いをぶちまけた。

「おまえ、どうして言わなかった！」

「い、言うって、何を……」

「困ってるなら、苦しんでるなら、どうして言わなかった！　どうして俺に言わなかった！　そんなになる前に、いくらでも言う機会はあったじゃねえか！　おまえ一人で抱え込まなくても、他にしようがあったじゃねえか！　なのに、何で言わなかった！」

「……やめてよね。ジュウ君に言ったからって、どうにかできた？　バカじゃないの？」

「バカはおまえだ！」

ジュウの怒声と視線に気圧され、美夜はビクッと震えた。

「俺じゃなくてもいい！　誰かに言えば良かっただろうが！　何で言わなかった！」

「い、言ったからって、どうにもならなかったよ！　誰に言っても同じ！　何をしても無駄！　お父さんは仕事ばっかりで家に関心がないし、お母さんは気が弱くて、人に従うことしかできない！　だから、わたしが言ったとしても、どうにもならなかったよ！」

「おまえ、友達がたくさんいるじゃねえか！」

「あんなの格好だけだよ！　本気で悩みを打ち明けられるような人なんかいない！」

「じゃあ俺に言えば良かったんだ！」

「ジュウ君に言ったからって、どうにもならないよ！」

「勝手に諦めるな！　言ってみなけりゃわからねえだろ！」

「じゃあ、どうにかできた？　わたしが何もかも打ち明けたら、どうにかできた？」

「できたさ！」

「どうやって？　あんたなんかに、何ができたっていうのよ！」

「おまえを救ってやれた！」

「どうやって！」

「おまえの話を聞いて、一緒に考えてやれた！　おまえの選択肢を増やしてやれた！」

「選択肢なんて、なかったよ！」

「それは、おまえが諦めたからだ！」

「なら助けてって言えば良かったの？　そうすれば良かったっていうの？」

「そうだ！」

脂汗は止まらず、体の痺れも収まらず、喉も無性に渇く。

それでもジュウは言い続けた。

荒い息をつき、咳き込みながらも、ジュウは言い続けた、力の限り。

「誓ってもいい！　おまえが助けを求めたら、俺はおまえを助けた！」

「……バカみたい。何もできるわけないじゃない」

「ああ、俺はバカだ！　でも、バカなりに何かをしてやれた！　俺は、おまえの友達だからな！　苦しんでるなら、困ってるなら、何かしてやりたいと思うに決まってるだろ！」

「……そんな……」

「おまえは、俺の心の動きを把握してるつもりでも、まるでわかってなかったんだ！　俺だけじゃない！　おまえはどう思ってるか知らないが、おまえはみんなに好かれてた！　それが演技でも関係なく、おまえは好かれてた！　救いの手なんか、いくらでもあったかもしれないんだ！」

「……そんな……今さら……そんなこと……」

美夜は肩をわなわなと震わせ、顔を歪ませた。

笑おうとして、怒ろうとして、そのどちらも失敗したような顔だった。

それは、正しく今の彼女の心情を表しているのか。

「おまえだって、本当は誰かに聞いて欲しかったんだろ！　だから、こんなことまでして俺に話したんだろ！」

ジュウは、美夜の告白に懺悔や贖罪を求める気持ちが含まれているような気がしていた。

それは多分、希望的観測だろう。

でも、まるっきり的はずれでもないはずだった。

そう思うし、そう思いたい。

「おまえはもう手遅れとか、ダメだとか、諦めてるかもしれねえが、全然そんなことはねえんだバカ！　だいたい、おまえまだ十七だろうが！　何を好きこのんで自暴自棄になってやがるバカ野郎！」

「……バカバカ言わないでよ。わたしだって、ちゃんと考えて……」

「もっと考えろ！　考えるんだ！　考えろ！　おまえは本当はどうしたいのか、考えろ！　本当に、おまえはこんなことをしたかったのか！」

畳みかけるようにジュウは言い続けた。何か算段があるわけでも、自分の言葉が美夜の心を動かせると信じているわけでもない。ただ、言わずにはいられなかっただけだ。

美夜は右目から涙を流し、左目でジュウを睨み、血が滲むほど強く唇を噛んでいた。ジュウを撮るはずのデジカメを持った手で顔を覆い、鼻だけで荒い呼吸を繰り返す。

「……うまいなあ、ジュウ君」

美夜の声は、歯の隙間から洩れ出すように小さかった。

「そんなこと言われると、思わず助けちゃおうかなって迷っちゃうよ。うまいよね、命乞いの仕方が」

「誰が命乞いなんか……！」

「わたしさあ！」

ジュウの言葉を掻き消すような大声で、美夜は叫んだ。

「昔から気持ちの切り替えが早かったんだよ。嫌なことがあっても、すぐにそれをどっかにやっちゃえるの。お兄さんと同じ。心の中にゴミ箱があるんだよね。きちんと分別してあるんだよ。燃やしたい記憶や、埋めたい記憶や、脚色を加えて再利用したい記憶とか、いろいろね。ジュウ君の言葉は、うん、すごくうまかった『命乞いの言葉』として覚えておくよ。ああ、動画で残しておけば良かったなあ。惜しいなあ、失敗した」

覆っていた手をどけると、そこには平静さを取り戻した美夜の顔があった。

彼女の言うとおり、気持ちを切り替えたのだろう。

ジュウの言葉で揺れた心は、分別され、ゴミ箱に廃棄された。

「そんだけ話せるってことは、ジュウ君、もう動けたりする？」

美夜は試すようにバットを振り上げたが、ジュウはまだ動けないようだった。

体を起こすのが精一杯で、立ち上がるのは無理なのだろう。

念のため、美夜はバットで殴りつけた。

脳天への一撃にジュウは気を失いかけたが、かろうじて耐えきった。

頭は割れそうなほど痛むが、高ぶった感情が肉体を支えているかのようだった。

「うん、大丈夫みたいだね。それじゃあ、そろそろお別れにしよう。へたに希望を持たせるのはかわいそうだから言うけど、ジュウ君には死んでもらいます。ここで、死んでもらいます。心配はいらないよ。経験を積んだから、わたし、人を殺すのはそこらの女子高生より絶対上手。殺し損なったりはしない。苦しんで苦しんで、この世とあの世の境界線を行ったり来たりさせながら、殺してあげる。たくさん苦しんでね、ジュウ君」

「……こんなことして、楽しいか」

「うん」

軽い口調でそう答え、美夜はバットを壁に立てかけてから、両手に手袋をはめた。革製のそれは、鋭利なワイヤーを扱う際に使用する物。スポーツバッグから取り出したワイヤーの束を、美夜はひとまず机の上に置いた。

どこか遠くで雷が鳴った。

窓に細かい雨粒が当たり始め、本格的に天気が崩れ出したことを告げる。

美夜は僅かに視線を外に向け、傘持ってきて良かったあ、とつぶやいた。

ジュウの頭にあるのは、逃げることでも戦うことでもなかった。彼女を何としても止めること、それだけだった。そのためにはどうしたって立ち上がる必要があるのだが、足はいつまでたっても言うことをきかない。まるで神経が通っていないかのように、床に接地する感覚すらもおぼろげだ。額を流れる脂汗が目に入るが、手が震えてそれを拭うこともできやしない。

どうすればいい、どうすればいい。

美夜は、ジュウの心の準備など待ってはくれなかった。

「よいしょ」

革製の手袋をはめた手で、美夜はしっかりと金属バットを握りしめた。

そろそろこつを掴んだのか、スムーズにバットを構える。

ジュウの頭をボールに見立て、思い切りフルスイング。

「がっ……！」

目の前が一瞬暗くなり、ジュウは左の鼓膜が破れたのがわかった。床に後頭部を打ちつけながら倒れ、断続的な呼吸を繰り返しつつも、必死に意識を保つ。

いくらタフでも、こう何度もバットで殴られては耐えられない。

自分が確実に弱っていることを感じ取り、ジュウの背筋が凍りついた。

おそらく美夜は、この後のことなど考えてはいないだろう。

ジュウを殺すまでが計画であり、その後に自分がどうなるかなど気にしてはいない。

完全な自暴自棄、自滅行為だった。だからこそ彼女に躊躇はない。

ジュウは死を覚悟した。

「もういっちょ！」

美夜は怯えるジュウを見下ろし、ジュウは振り上げられたバットを見つめ、そして、そんな二人の耳に新たな声が聞こえた。

「お邪魔します」

二人の視線が向かった先には、教室の窓枠に足をかけ、軽やかに外から入ってくる堕花雨の姿。美夜が何か言うよりも行動を起こすよりも早く、雨は矢のような勢いで彼女に体当たりした。体格は雨の方が小柄だが、不意を突かれた美夜はバランスを崩し、二人はもつれ合うようにして床を転がった。

「あんた！」

邪魔された憎しみを込めてそう叫んだ美夜と違い、雨は行動だけで己の感情を示した。

肘で美夜の頬を殴りつけ、さらに腹に回し蹴りを叩き込む。

美夜が床に転がるのを見てから、雨はジュウのもとへと駆け寄った。

「ジュウ様、遅れて申し訳ありません。侵入経路を確保するのに、少々手間取りました」

どうやって窓から、とはジュウも訊かない。

雨にそうした技能と体力、というか行動力があることは重々承知だ。

何しろ彼女には前科がある。

雨は、鍵の開いている教室を探し、そこの窓から外に出ると、後は校舎の壁づたいに移動してきたのだ。工事用の足場などなく、しかも激しく雨の降りしきる中で、校舎の端にある視聴覚教室を目指すのはさすがに大変だったようだが、見事成し遂げた。

「よくわかったな、俺がここにいるって……」

「前世の絆です」

そう言ってから、雨は付け加える。

「それともう一つ。紗月美夜が愛を告白をし、それが成就したにも拘わらず一緒に下校しないというのが少々引っかかりました。ジュウ様はそういうお方ではありませんし、紗月美夜もそういう人間ではないと思ったのです」

「そこから、俺がこの教室にまだ残ってると?」

「それと、さらにもう一つ。やはり賀来羅清には共犯者がいるのではないかという疑念が、どうしても晴れなかったこともあります。その共犯者は、おそらく裏切り者。ジュウ様に電話で犯行現場を報せたのはその人物。その行動には、ジュウ様を利用するという思惑だけではない何かを感じました。いささか考え過ぎかとも思いましたが、そうでもなかったようです。まさか共犯者が、彼女だとは思いませんでしたが」

賀来羅清を捕まえた際、雨はその持ち物を調べていた。そして、その中にカメラの類いがないことを不審に思ったのだ。報道でも、被害者の写真については一言も触れていなかった。自宅を捜索しても、そういったものは見つからなかったからだ。事前に賀来羅清が全て処分したのでなければ、他に共犯者がいると考えるのが自然だろう。ジュウから謎の電話の件も聞いたことにより、雨はその確信を深めたのだ。

雨の肩を借りてジュウは立ち上がろうとしたが、美夜がゆっくりと体を起こすのを見てそれを中断した。

「誰か呼んでこい。俺が、あいつをここに引き留める」

「いえ、ここはわたしが……」

机のひっくり返る激しい音が、二人の会話を遮った。

拳を震わせながら、美夜が二人を睨みつけていた。

唇から流れる血を拭いもせず、むしろそれを舌に絡ませるようにして言う。

「……なんで、邪魔するの？　せっかくジュウ君と二人きりで、いい感じに終わりそうだったのに、台無しじゃん」

「わたしはジュウ様の騎士。その危機にお助けするのは当然のことです」

「騎士？　従者だったり下僕だったり騎士だったり、忙しいね。前から思ってたけど、堕花さんて変だよ。電波入ってるっていうか、いかれてる」

「あなたも相当なものですよ」

「アハハ、一緒にされちゃった」

「あなたが何を考え、何を思い、何を選び、何を悲しみ、何を苦しみ、何を求めてこういった行動に出たのか、その過程に興味がないではありませんが、ジュウ様の身の安全とは比べられません。紗月美夜、あなたを排除します」

「……排除されるのは、あんたの方だよ」

ジュウを守るように立ち塞がった雨に対して、美夜は制服の下に隠し持っていたナイフを抜いた。全体的に小振りな作りだが、刃の長さは内臓に達するのに充分なもの。丹念に何度も研いだような輝きを発する刀身を、美夜は愛しそうに指でさすった。

ジュウが止める間もなく、合図もなく、二人はほぼ同時に動いた。

近づこうとする雨の俊敏さを、美夜は白刃を振るうことで牽制した。

二度、三度と振るわれた刃の先が雨をかすめ、制服を切り裂いていく。

だが、雨は机や椅子などの障害物を巧みに利用し、肌に達するほどの刃は避け続けた。

「持ち方はそれなりですが、そのナイフ、まだ人を殺したことはありませんね」

「だからなにさ！」

目を血走らせる美夜をからかうように、雨はその周りを移動しながら隙を窺う。

雨の部屋には、オカルトやアニメなどの本に紛れて、殺人術や格闘術の本もあった。

彼女が、それらを熟読してないはずがない。

「邪魔なのよ、あんたは！　邪魔なの！」

美夜の顔に焦りの色が浮かぶのを見計らい、雨はいきなり床を蹴った。

素晴らしい敏捷さで一気に椅子から机の上へと駆け上がり、宙へと身を躍らせる。呆気にとられる美夜に、雨はその勢いのまま飛び蹴りを叩き込んだ。全体重を乗せた一撃を胸に喰らい、美夜は近くの机や椅子を巻き込みながら後ろへ吹っ飛んだ。雨もその近くに倒れはしたが、受け身を取った分だけ次の行動は早かった。即座に伸ばした手が、美夜の体に触れた。

ジジジという音とともに、美夜の体が床の上で大きくバウンドする。

雨はしばらくその体勢のまま動かず、十秒以上経ってからホッと息を吐いた。

「おまえ、今のは……？」

ジュウの疑問に答えるように、雨は手のひらに握られた黒い長方形の物体を見せた。

「スタンガンです。小型ですが、軽く失神させる程度の威力はあります」

「……そんなもん、よく持ってたな」

「以前、誕生日に父からもらいました。護身用に持ち歩くようにと」

厳格そうな彼女の父親ならありそうな話だ、とジュウは思った。

さっきの身軽な動きといいスタンガンなどの備えといい、雨の危機対応能力はジュウよりも数段上のようだった。ひょっとすると、普段から訓練でもしているのかもしれない。

堕花雨は、まだまだ底の知れない女だった。

美夜が床に倒れたまま動かないのを見やってから、ジュウは雨に手を差し出した。

「悪いが、ちょっと力を貸してくれ」

「喜んで」

その手を取ろうとした雨は、何かを感じて背後を振り返った。

倒れていたはずの美夜が、そこに立っていた。

その手に依然(いぜん)としてナイフが握られているのを見ても、雨はすぐには反応できなかった。

「そんな……」

目を覚ますには早過ぎる、という雨の計算を嘲笑(あざわら)うかのように、美夜はゆっくりと一歩踏み出した。

そして言った。

「う、ご、く、な」

まるでその言葉に魔力でも込められていたかのように、雨は棒立ちになった。

限界まで見開かれた美夜の目が、にぃぃぃと笑いの形になった口が、一歩ごとに全体重を乗せるような足取りが、それら全てが、執念が、雨を圧倒していた。もはや何もかもを捨て去り、ただ殺すことだけを考え実行しようとする美夜は、雨の理解を越えていた。その鬼気迫る雰囲気に呑み込まれたように自由を奪われた雨は、美夜が腰だめにナイフを構えるのを見ても動けなかった。

避けようという意識が、脳から体に伝わらない。

呼吸さえも無意識のうちに止まり、流れる冷や汗が意識をさらに追い込んでいく。

美夜が走り出したのが見えても、雨は動けなかった。

萎縮してしまった体は、その凶刃の前に無防備に放置された。

「雨！」

その叫びが閃光のように意識を貫き、次の瞬間、雨の体は横へとはじき飛ばされていた。

倒れると同時に体の自由を取り戻し、顔を上げた雨は、その光景に息を呑んだ。

美夜の凶刃は、ジュウの下っ腹に深々と突き刺さっていた。傷口から噴き出す返り血を浴び、真っ赤に染まった手で、美夜はさらにナイフを押し込んだ。相手が雨ではなく、その直前にジュウが飛び込んで身代わりになったこともわからずに、ただがむしゃらにナイフを押し込んだ。

まるで今までの全てに、憎い全てに復讐するかのように。

「はぁぁぁぁ、ふぅぅぅぅ、はぁぁぁぁ、ふぅぅぅぅ、はぁぁぁぁ、ふぅぅぅぅ」

美夜は顔を伏せたまま、呼吸の仕方を確認するように大きく息を吸い込み、大きく息を吐き出した。興奮で歯がガチガチと鳴り、その震えが足にまで伝わった。

やったのか、やってしまったのか、やってよかったのか、やってはいけなかったのか。

何もわからない。

答えを求めるように視線を上げると、そこにはジュウの顔があった。

脂汗をびっしりとかきながらも、痛みを無理矢理に意志の力で抑え込んでいるような、そんな顔だった。

「…少し…は……気が済んだ……か…？」

「……ジュウくん……」

「バカ野郎」

そう言って、ジュウは微笑んだ。

美夜は夢から覚めたようにハッとなり、ナイフから手を放した。

真っ赤に血塗れた自分の両手を見て震え出し、顔を歪める。

「こ、こんなの違う、こんなの違う、ジュウ君、違うんだよこれは、これは違うの、これは、信じて、わたしは、わたしはね、本当は……」

全てを言い切る前に、背後でジジジという音が鳴り、美夜は白目を剥いて崩れるように床に倒れた。雨はスタンガンを放り捨て、ジュウの体を抱きかかえた。

「ジュウ様！」

もはやそれに答える気力もないのか、ジュウは血の気の引いた顔で力なく笑うだけだった。

雨はジュウの体を床に寝かせると、すぐに制服を脱がし、傷口を調べ始めた。ナイフは刺さ

ったままだが、ここで抜くわけにもいかない。必死に何かを、おそらくは応急処置をしようとしている雨を、ジュウはぼやける視界でじっと見つめていた。

雨の手元が震えているのがわかる。

いつもあれだけ冷静だった堕花雨が、こんなに慌てているなんて。

こんなに焦っているなんて。

「大丈夫です！　絶対に助かります！　ジュウ様は死にません！　死にません！」

それは、雨が自分自身に言い聞かせているようでもあった。痛みも何も感じない体に、ジュウはもうかなり諦めているのだが、彼女はそうではないらしい。

汗に張りつく前髪を払いのけながら、必死に応急処置を続けている。

必死にジュウを助けようとしている。

「死んではダメです。せっかく会えたのに。せっかく、これからも一緒にいられるのに。ジュウ様、死んでは嫌です、死んでは嫌です……」

雨は泣いているようだった。

意外なほど幼く見えるその泣き顔は、普段よりもずっと親しみやすいものだった。

何度もしゃくりあげる雨を見て、ジュウは不覚にも可愛いと思ってしまった。

第7章　絆

夢を見た。

あれは多分、小学校四年生の頃の話。

いつものようにイジメられたジュウは、いつものように誰にも助けてもらえず、いつものように逃げ出して、いつものように一人になって泣いていた。

家に帰ったところで、母は泣いているジュウを見ても鼻で笑って済ませるだけ。

だからジュウは、せめてこの悔しさが薄れるまでは外を歩いていることに決めた。

泣き顔を、通行人がじろじろと見ていた。

恥ずかしさから小走りになり、ジュウは公園に行って顔を洗うことにした。

幸い公園内に人気はほとんどなく、目当ての水道も空いていた。

ジュウは蛇口をひねり、流れ落ちる水を両手ですくって顔に浴びせかけた。

蛇口からの水は冷たく、涙は温かかった。

これは感情の温度なのだろうか、とジュウは思った。

顔を拭こうとハンカチを探し、持っていないことに気づいて服で拭いた。

また涙が溢れてこないよう思考を制御しながら、ジュウは公園内をあてもなく歩いた。

楽しいことを考えようとしたが、なかなか見つからない。

それが悲しくなって、また涙が出そうになったので、慌てて別のことを考えようとした。

何かないか、何かないか。

キョロキョロと視線を動かしていると、誰かがベンチに腰掛けているのが見えた。

同じクラスの人間なら逃げ出すところだが、それは小さな女の子だった。

赤いランドセルがなければ幼稚園児にも思えそうな子で、おそらく一年生なのだろう。

女の子は泣いていた。

溢れる涙で手の甲を濡らし、擦りすぎた目は真っ赤に腫れていて、鼻水やよだれも垂れていた。

ジュウは何故か、その子に近寄ってみたくなった。

そっと近づいて女の子の隣に腰を下ろし、深く考えもせずに手を伸ばしていた。

幼い子の頭を撫でるという行為は、これが初めてだった。

ジュウは誰かに優しくされたかった。

でも、自分よりも悲しそうにめそめそ泣いている小さい子を見たら、その子に優しくしてあげたくなった。

理由なんてわからない。

理由なんて、きっといらない。

ジュウに頭を撫でられた女の子は、一瞬だけビクッと震えたが、その優しい手の持ち主を目にとめると不思議そうに　夢か現実かを確かめるように、何度も瞬きした。

ジュウは少し驚いた。

その女の子は、ちょっと前髪がうっとうしかったが、よく見ると可愛い顔をしていて、特に瞳が印象的だった。

涙で濡れたその瞳は、とても綺麗に見えた。

女の子にじっと見つめられると、ジュウは気恥ずかしくなり、それを隠すように笑った。

ビックリするくらい簡単に笑えた。

それから後のことは、かなりおぼろげだ。

女の子は何かをぼそぼそと話し、それが愚痴や泣き言だったのかは覚えていないが、ジュウは真面目にそれを聞いた。

この子の涙が乾くまではつき合おうと思い、いろいろなことを話した。

当時流行っていたアニメやマンガ、それから学校にも少しはある、楽しいこと。

女の子は真剣な顔で、そんなジュウを見つめていた。

ジュウは、自分でも意外なほど穏やかな気持ちでその視線に応えられた。

幼い二人に本物の笑顔が戻るまで、それほど時間はかからなかった。

ずっと昔のことだ。

細かい部分には靄が立ちこめ、後から適当に補完した記憶。

多分、「楽しいこと」に分類される記憶。

そんな夢を見た、と思う。

目を覚ませば忘れてしまうだろう。

どこまでが夢なのか、どこまでも夢なのか。

どちらにせよ、たわいもない夢だった。


目を開けると、最初に視界に入ってきたのは白い天井だった。

独特の匂(にお)いからそこが病院だとわかり、ジュウは自分がまだ生きているようだということもわかった。清潔だが無機質なベッドに寝かされていた。体を動かそうとしたが力が入らず、仕方ないので目だけで周囲を探った。

視線を滑らせた先には、ベッドのすぐ横の椅子(いす)に腰掛けた母の姿があった。

横柄(おうへい)に長い足を組み、口にはタバコを銜(くわ)えていた。

「……病室内は禁煙じゃないのか?」

「わたしを誰だと思ってる」

そう言って紫煙(しえん)を吐き出し、柔沢紅香(じゅうざわべにか)は息子に微笑(ほほえ)みかけた。

「生還(せいかん)おめでとう」

「まさか、あんたがいるとは思わなかったよ」

「しょうがないさ。おまえは息子で、わたしは母だからな」

「俺はどのくらい寝てた？」

「三日と二時間十五分、というところか」

腕時計を見てそう答え、紅香は渋い顔をしながら紫煙を吐き出した。

「おまえな、親より先に死ぬんじゃないよ。産んだわたしがバカみたいだろ」

「俺が死んだら、あんたは泣くのか？」

「泣かないとでも思うのか？」

真顔で問い返され、ジュウは言葉に詰まった。

「おまえがどんなにクソガキだろうと、おまえはわたしの遺伝子を受け継ぐ唯一の息子で、代わりの存在はいない、ただ一人の柔沢ジュウだ。そのことを忘れるな。わたしは忘れない」

「……勝手なこと言ってんじゃねえよ」

ジュウが言い返せたのは、それだけだった。

柔沢紅香は、昔からこういう人だ。わがままで、破天荒で、ガキ大将みたいな人。

それがたまたま子供を産み、たまたま母親になってしまっただけのこと。幼い頃はよその家の母親に憧れ、その幻影を紅香に追い求めたこともあったが、今ではもうそんな気もなかった。

かなり悔しい話だが、ジュウはこんな自分勝手な母を苦手ではあっても、嫌いではないのだ。

　こうして側にいてくれたことも、本音では嬉しい。

　もちろん、そんなこと口が裂けても本人の前で言えるわけがなかったが。

　一応は気を遣ってるつもりなのか、紅香はジュウにタバコの煙がかからないように吐き出し、愉快そうに言った。

「話は聞いたぞ。面白いことに関わったらしいな。色恋沙汰を抜きにクラスメイトの女に刺されるなんて、貴重な経験だ」

「あいつはどうした？」

「それは、紗月美夜のことか？」

　ジュウが頷くのを見てから、紅香は答えた。

「死んだよ」

「……え？」

「おまえを殺したと思い込み、自殺した。後追い自殺みたいなものか。勘違いだが」

　強張っていくジュウの表情を意外そうに見つめ、紅香はさらっと訂正した。

「ああ、今のは冗談だ。……そう怖い顔をするな」

「あんたの冗談は悪質だ」

「それは認めよう」

　おどけるように肩をすくめてから、紅香はタバコの灰を携帯用灰皿に落とした。

「紗月美夜は警察にいる。自首したそうだ、おまえを刺した後で」

「……そうか」

それが最善の選択なのかどうかはわからないが、考えられる中ではましなものだろう。少しだけホッとしたジュウは、何かが足りないことに気づいた。

「あいつはどうした？」

「今度はどの『あいつ』だ？　横着せずに、名前を呼べ」

呆れたように言いながらも、紅香はそれに答えた。

「堕花雨といったか、彼女。今は廊下のソファで寝ているよ」

紅香は苦笑を浮かべ、病室の扉を指で差し示した。

「まったくもって妙ちきりんな女だな、あれは。おまえを守るのが自分の使命だとか言って、片時も側を離れないから、医者も看護師も困ってたぞ。わたしが来たときなどは、凶器を所持していないかどうか身体チェックまでされた。どうやら、おまえにトドメを刺しにきたのかと疑われたようだ。妹らしいのが迎えにも来たが、いくら言ってもきかなくてな。つい二時間ほど前に、睡眠薬入りのコーヒーで眠らせたところだ。体は小さいが、中身は豪の者だよ。どこで見つけたんだ、ああいう女？」

「前世からのつき合いらしい」

「ハハ、そりゃあすごい」

紅香は軽く笑ってから、タバコの灰を落とした。

「まあ、礼は言っておくべきだろう。彼女の応急処置がなければ、今ごろわたしは葬式の手続きをしていたな」

そこで、ふとジュウは気づいた。

紅香の目の下にある僅かな隈。それは、タフな彼女にしては珍しい疲労の影だった。

まさか、ずっと眠らずに付き添ってくれていたんだろうか……。

訊いたところでこの母は、どうせ素直には答えない。

その代わりというわけでもないが、ジュウは言い忘れていたことを口にした。

今なら、何となく言えるから。

「……弁当」

「ん？」

「この前の弁当、美味かったよ」

「ああ、あれか……」

紅香は素っ気なくそう言い、紫煙を吐き出した。

窓から気持ちのいい風が吹き込み、カーテンを揺らした。季節柄、やや生暖かいものではあるが、それでも新鮮な空気を感じられた。空には薄雲が広がり、その下には病院特有の整備された樹木が見えた。自然の匂いが、気持ちを落ち着かせる。

何だか時間までも緩やかに流れているような気がして、ジュウは懐かしくなった。

母親とこうして面と向かい、普通に会話するなど何年ぶりだろう。

紅香もそう思ったかもしれない。

ただ彼女は、それに浸ろうとはしなかった。

吸い終えたタバコを携帯用灰皿に捨てると、椅子から腰を上げた。

「医者の話では全治二カ月ということだが、まあ三週間もあれば十分だろう。わたしの息子だしな」

呼び止めようかと一瞬迷ったが、ジュウは黙って見送ることにした。

母親への甘え方など、とうの昔に忘れてしまった。

「おっと、そういえば」

扉に手をかけたところで、紅香は振り返った。

「これを訊きたかったんだ。おまえ、何か見えたか?」

「何かって?」

「この三日間、生死の境を彷徨(さまよ)ったのだから、あの世の入り口くらいは見えたんじゃないか? さすがにわたしも、それはまだ見たことがないのでね。何が見えた? 審判者(しんぱん)でもいたか? それとも閻魔(えんま)大王か?」

「……何も見えなかったよ。途中で追い返されたらしい」

「なんだ、つまらん」

心底(しんそこ)残念そうにため息を吐(つ)き、紅香は扉を開いた。

「まだ生きろということだな、それは」

「まだ苦しめってことだろ」

「生きることが苦しいか？　まだまだ青いな、おまえは。何もわかっちゃいない」

それだけ言って、紅香は病室を出ていった。

空気に残るタバコの匂い。

いつもは不快なそれが、今日に限ってはそれほど嫌ではなかった。

消えていくそれを名残惜(なごりお)しむように深く息を吸い、ジュウは再び眠りについた。

今度は、夢は見なかった。


紅香の予想通り、ジュウの怪我(けが)は夏休みの終わりにはもう完治していた。

医者はかなり驚いていたが、別に超人的というほどでもない。今でもジュウの下っ腹には大きな傷痕(きずあと)が残っているし、それは死んで灰になるまで消えはしない。

傷痕を見るたびに思い出すだろう。美夜の叫びを、嗚咽(おえつ)を、苦しみを、憎(にく)しみを、それらに何もできなかった自分の無力さを。

警察に自首した美夜は、取り調べの結果、賀来羅清(かくらきよし)の共犯として認められた。

今まで撮り溜(た)めた画像も、彼女は残らず証拠品として提出した。

憑(つ)き物が落ちたような顔で、しかし、確実に何かを失ったような空気を身にまといながら、美夜はこれまでの経緯を淡々と警察に話したらしい。

　被害者の死に際の画像を撮り溜めていた理由を問われ、彼女はこう答えた。

「初めてお兄さんに犯されたとき、わたしは泣きました。叫びました。懇願しました。やめて。助けて。許して。何度もそう言いました。鬼みたいな顔をしたお兄さんが怖くて、わたしは目を逸らして、そうしたら、そこに鏡があったんです。わたしもたまに使わせてもらってた、大きな鏡。その鏡に、わたしの顔が映っていました。まるで自分じゃないみたいな酷い顔。自分のどこにこんな顔が隠れていたのか、すごく不思議で、混乱しました。すごく嫌でした。被害者の人たちも、死ぬ間際にそういう顔をしていたんです。最悪の顔です。わたし、自分が『される側』から『する側』になれば、最悪の顔を『引きずり出す側』になれば、何か変われるような気がしたんです。そうに違いないって、わたし、そう思って、思って……」

　それらが後付けの理由なのか、それとも本当の理由なのか、ジュウにはわからない。

　美夜の母親は、娘の体にたまにある痣を、学校でのイジメによるものと思い込んでいた。娘が賀来羅清のところによく通うのも、彼にそのことを相談しているのだと。家にいるときの美夜は、学校とは違い、そういう誤解をされるほど無口で内向的な少女だったらしい。娘に全幅の信頼を置いている母親、といえば聞こえはいいが、要するに立ち入ったことが訊けないような性格だったのだ。実の娘に対してさえ干渉を避け、見て見ぬ振りをし続けてきた母親は、警察からの説明を聞いて泣き崩れたという。

　美夜の罪がどれほど重く、いったいどれだけの償いをしなければならないのか、ジュウは知らないし、知ろうとも思わなかった。新聞も、その記事に関しては意図的に読まないようにした。

気を揉んでいても仕方がない。

死刑にでもなるなら話は別だが、生きている限りどこかで会うこともあるだろう。

それとも、もう一生会う機会はないだろうか。

悔いはたっぷり残っているが、どうやらそれを抱えて生きるのが人生というものらしい。


新学期に入って、クラスの雰囲気はがらりと変わった。

藤嶋香奈子の机はなくなり、紗月美夜の机も休み中に撤去されていた。

殺人事件の被害者と加害者、その両方を出してしまったことを学校の恥と感じたのか、校長は始業式でも事件のことには触れず、真面目な生き方だけを繰り返し説いた。

美夜と仲の良かったクラスの女子たちは、早く事件のことを、紗月美夜という存在を忘れようとしているのか、バカみたいに明るく振る舞っていた。

美夜に好意を寄せていただろう男子たちも、事件を聞いて興醒めしたと言わんばかりに、彼女の話題を避けていた。

救いの手は周りにたくさんあったはずだと、あの時、ジュウは美夜に言った。

そんなもの、本当はなかったのか。

美夜の方が正しく、他に選択肢などなかったのか。

ジュウの考えなど甘い理想でしかなく、美夜の方が現実を知っていたのか。

楽しそうに騒いでいる女子たちを見ていると、ジュウは少し陰鬱な気持ちになった。

教師や生徒の中には、事件に巻き込まれたジュウに同情する者もいたが、それらは適当に受け流しておいた。事件に巻き込まれたといっても、本質的には蚊帳の外に置かれていた気分だ。

何もできなかった、何も。

数少ない友人を失い、ジュウはますますクラスで孤立化したが、それを気にしようとは思わなかった。ただ日常に埋没することを望んだ。


変わらぬことといえば、堕花雨くらいだった。

夏休みの間中も彼女は献身的にジュウの看病を続け、看護師たちからは随分と冷やかされた。ジュウが退院した日には、雨は感極まって泣きだす始末。

未だに、彼女が自分にとってどういう存在なのか、ジュウにはよくわからない。

でも、よくわからないのが堕花雨という少女なのかもしれない。

今では半ば諦めの気持ちも含めて、そう思うようになっていた。

九月の空は、鬱屈した気分を一掃するほど晴れやかだった。どこを見ても雲一つなく、目に染みるほど青い。

この空は世界中に繋がっているんだよなあ、などと柄にもないことを考えてしまう。

土曜日の昼下がり、いつものように雨を伴って下校していたジュウは、強い日差しに目を細めながら訊いた。

「おまえ、晴れの日と雨の日、どっちが好きだ?」

どちらでもありません、という答えをジュウは予想していたが、雨は少し考え込むように黙ってから、空を見上げて言った。

「昔は、雨の日が好きでした。まるで自分の日だと言われているような気がして、天気予報を聞いているだけでも嬉しかったものです。でも、それが勘違いで、持って行き場のない高揚感はただ消えるのみだとわかったときには、泣きたくなりました」

それは、初めて聞く彼女の幼い頃の話。彼女は今でも小さいが、その頃はもっと小さくて、よく泣いていた子供だったのかもしれない。

ジュウは何故か、その様子を簡単に想像できた。

強気な瞳を涙で濡らす、幼い少女。

「だから、今でも雨の日は、少し複雑です……」

雨が寂しげに微笑むのを見て、ジュウの手は自然と彼女へ伸びていた。

壊れ物を扱うように、そっと雨の頭を撫でる。

雨は珍しく驚いた表情を浮かべ、ジュウの顔を見つめた。

その視線を受け止め、ジュウは言う。

「おい、堕花雨」

「はい」

「俺に野望はない。今のところ夢もない。大志もなければ望みもない。ただ、それなりに生きていればいいと思ってる。それが俺だ。柔沢ジュウだ。そこんとこ、わかったか？」

「はい」

「俺は多分、これから先、しょぼい人生を送るだろう。ちっちゃい幸せにこだわって、大きなチャンスを逃すかもしれない」

「はい」

「だから、俺についいて来てもいいことはない。何にもない。どうだ？　愛想が尽きたか？」

「いいえ」

「……バカだな、おまえは。頭いいくせにバカだ。俺と一緒にいて何が楽しい？」

「いろいろと」

幸せそうに笑う雨の顔を見ていると、ジュウも笑いたくなった。

変な女に捕まったものだ。

今やそれを不快に思わない俺も、十分に変なのだろうけど。

「……ま、いいか。飽きるまで俺と一緒にいればいい。俺も、飽きるまではつき合ってやる」

「はい」

「で、どこ行く?」

「……は?」

「は、じゃねえよ。つき合ってやるって言っただろ? 今日は暇だし、おまえの希望につき合おう。どこに行きたい?」

「いえ、そんな、わたしのことなどお構いなく……」

「いいから、言ってみな」

大げさなほど首を振って遠慮する雨に、ジュウは優しく促した。

意識せずともそうすることができた自分が、少しだけ誇らしい。

「……は、はい。では、あの、渋谷に」

「服でも見に行くのか?」

「いえ、その、古本屋があるんです……マンガ専門の……」

「わかった。つき合おう」

雨が恥ずかしそうに、でも嬉しそうに微笑むのを見て、何だかジュウも嬉しくなった。

これも錯覚だろう。

自分勝手な思い込みだろう。

プラスとマイナスを抱え込みながら俺たちは生きる。

最後に、最後の時に、ほんの少しだけでもプラスになっていることを祈って。
ジュウは歩き出し、そのやや後ろを雨は従うように歩いた。
不良少年と騎士気取りの少女は、意気揚々と駅に向かった。

——おわり——

あとがき

初めまして、片山憲太郎と申します。

今回、スーパーダッシュ小説新人賞の佳作をいただき、作品を出版してもらえることになりました。まさかこのような機会を与えられる日が来るとは思わず、生きてて良かったなと、しみじみ感じております。

思い起こせば、わたしが初めて物語を作ったのは小学校二年生のときでした。

国語の授業で、教科書に載っている小説の続きを書きなさい、という課題が出され、わたしは生まれて初めて物語を作ったのです。それまでは、物語を楽しむことはあっても、自分で物語を考えたことはなかったので、それはとても新鮮な行為でした。思いついた物語は短いものでしたが、わたしはそれを書いたノートを胸に抱き、先生の待つ教卓へと向かいました。

先生がノートを読む間、わたしは先生の視線の動きをずっと観察していました。

読んでる読んでる、とドキドキしながら。

ノートを読み終えた先生は、わたしの顔を見て言いました。

「片山くん」

「はい」

「これ、面白いね」

「そ、そうですか？」

「でも、漢字を一つも使ってない。全部ひらがな」

「……」

「片山くん。明日までに漢字の書き取りやってらっしゃい」

「……はい」

こんなわたしの作品を出版してもらえる日が来るとは、人生は本当に不思議なものです。

不思議といえば、人間がどうして物語を作るのかも不思議です。

頭の中に別の世界を生み出すこの能力がどういった進化の過程で芽生えたものなのか、興味があります。

わたしが思うに、多分、最初は願望から始まったのではないでしょうか。

現実には絶対に叶えられないこと。

でも、決して諦められないこと。

それは、自分に見向きもしない者を手に入れたいという願望だったのかもしれないし、死んでしまった者にもう一度会いたいという願望だったのかもしれないし、空を飛びたいという願望だったのかもしれない。

それらを叶える唯一の方法が、自分の頭の中で物語を生み出すことだったんじゃないかなと。

他の生物たちが諦めたり忘れたりすることを、人間は頭の中で物語を作ることで叶えてきた。

だから人間は、他の生物たちよりほんのちょっとだけ救われている。

ほんのちょっとだけ絶望から遠い。

ほんのちょっとだけ、もしかしたら神様に愛されている。

わたしはそう思います。

わたしの作った物語が、読者のみなさまにとって楽しみに、あるいは現実逃避の一助にでもなれれば幸いです。現実逃避は大切ですよ。現実と戦うためには欠かせません。

最後に、作品を完成させる上で的確な助言をくださった担当の藤田さん、素晴らしいイラストを描いてくださった山本さん、編集部のみなさま、そしてこの本を読んでくださった読者のみなさまに、感謝の言葉を贈りたいと思います。

ありがとうございました。

これからもよろしくお願いします。

片山憲太郎

ダッシュエックス文庫

電波的な彼女
新装版

片山憲太郎

2020年7月27日　第1刷発行

★定価はカバーに表示してあります

発行者　北畠輝幸
発行所　株式会社　集英社
〒101−8050　東京都千代田区一ツ橋2−5−10
03(3230)6229(編集)
03(3230)6393(販売／書店専用) 03(3230)6080(読者係)
印刷所　株式会社美松堂／中央精版印刷株式会社

ISBN978-4-08-631374-2　C0193